Les enchantements de Merlin

Le catalogue de la collection « Romans » est disponible
chez votre libraire ou sur simple demande.
casterman
87, quai Panhard-et-Levassor
75647 Paris cedex 13

www.casterman.com

Illustration de couverture : Sibylle Delacroix

ISBN 2-203-16348-8

Imprimé en Espagne. Dépôt légal : février 2006 ; D. 2006/0053/164
Déposé au ministère de la Justice, Paris
(loi n° 49.956 du 16 juillet 1949 sur les publications destinées à la jeunesse).

François Johan

Les enchantements de Merlin

Illustré par Nathaële Vogel

casterman ÉPOPÉE

1

La naissance de Merlin

Cette histoire s'est passée il y a bien longtemps. En ce temps-là, les événements merveilleux se produisaient souvent, et chacun avait suffisamment gardé son cœur d'enfant pour les reconnaître et ne pas s'en étonner outre mesure.

À cette époque lointaine vivait, en ce doux pays de Bretagne, une douce jeune fille solitaire. Elle n'avait plus ni son père ni sa mère et menait une vie sage. Un soir, elle éprouva une très grande peine. Elle se souvenait des doux instants qu'elle avait connus avant d'être orpheline et se rappela très fortement la disparition de ses parents. Longtemps, elle resta triste et dolente. Son accablement fut tel qu'elle finit par s'endormir de chagrin après s'être étendue sur son lit, dans l'obscurité. Elle en avait oublié les précieux conseils que lui donnait le prêtre à qui elle se confiait régulièrement. Ce dernier, en homme sage et avisé qu'il était, lui avait bien recommandé, pour éviter d'être soumise à la méchante action du diable, de toujours se signer à son lever et à son coucher. Elle devait aussi garder la lumière pendant la nuit, le prince des ténèbres n'aimant pas la clarté. Voyant qu'elle avait négligé de telles recommandations qu'elle suivait d'habitude le Malin se réjouit. Il revêtit sa forme humaine, s'introduisit malicieusement chez elle, et profita du sommeil de la jeune fille pour la connaître charnellement.

À son réveil, celle-ci se demanda ce qui lui était arrivé. Elle gardait de ce qui s'était produit pendant la nuit des souvenirs vagues, aussi confus que ceux d'un rêve. Lorsqu'elle vit que la porte de sa chambre était verrouillée, ainsi qu'elle l'avait laissée la veille, et que nul être humain n'avait pu entrer, elle comprit que le diable avait abusé d'elle. Elle en fut fort affligée. Elle n'osa en souffler mot à personne.

Mais bientôt vint le temps où il lui fut impossible de dissimuler qu'elle attendait un enfant. Elle affirmait pourtant, en grande franchise, qu'aucun homme ne l'avait jamais approchée. En entendant cela, chacun pensait qu'elle cherchait à protéger celui qu'elle aimait en refusant de dévoiler son identité et qu'elle était très audacieuse d'agir de la sorte. En effet, pour avoir un enfant en dehors du mariage, elle risquait, selon la loi de cette époque, d'être jugée et, sans doute, condamnée, après la naissance, afin que le bébé, innocent, fût épargné.

Mais nul ne pouvait prévoir le phénomène étrange qui se produisit. Lorsque l'enfant naquit, il émerveilla tout le monde. Dès sa venue au monde, il se mit à parler. Il le fit si bien, il tint des propos si raisonnables qu'il sut habilement défendre sa mère des accusations injustes qui pesaient sur elle. Il rétablit la vérité devant les juges. Ceux-ci, émerveillés de ce prodige, furent bien obligés de croire l'enfant et ne purent condamner la mère. Il fut reconnu qu'elle avait été victime du Malin.

Elle appela son fils Merlin puis se retira dans un monastère où elle vécut aussi sagement qu'avant l'aventure qu'elle venait de souffrir. L'enfant grandit à ses côtés. Il atteignit l'âge de sept ans.

2

La chute de l'usurpateur

À ce moment-là régnait, en Bretagne, Vortigern. Il avait usurpé le pouvoir et était détesté de tous. Il vivait dans une grande inquiétude car, lorsqu'il s'était emparé du trône par félonie, il n'avait pas réussi à faire disparaître le jeune fils du roi légitime : le petit Uter-Pendragon. Il craignait fort qu'un jour celui-ci revînt pour le détrôner, ayant le droit et l'appui de toute la population pour lui.

Pour se défendre en prévision d'une telle attaque, Vortigern cherchait à faire construire une immense tour qu'il voulait imprenable et à l'abri de laquelle il serait, pensait-il, en complète sécurité.

Pour cela, il fit appel aux meilleurs architectes

et aux ouvriers les plus qualifiés du royaume. Il demanda que fussent utilisés les matériaux de la meilleure qualité que l'on pût trouver. Les travaux commencèrent. La tour s'élevait peu à peu mais dès qu'elle atteignait six à sept toises de haut, elle s'écroulait, sans raison apparente. Le roi était très mécontent. Il s'en prit à ses ouvriers, traita tout le monde d'incapable, surveilla les travaux lui-même, mais, chaque fois que l'on recommençait la construction, on ne parvenait pas à élever la tour davantage.

Le roi consulta alors ses clercs et ses astronomes. Ceux-ci s'interrogèrent longtemps. Ils discutèrent et disputèrent tout autant. Enfin, après avoir réfléchi et délibéré, ils affirmèrent, sur un ton sentencieux, que, pour que la tour tienne, il fallait remplir une condition. Vortigern fut curieux et pressé de connaître la solution de son problème.

« Il fallait, dirent les sages, mélanger au mortier, avec lequel on construisait la tour, le sang d'un enfant de sept ans né sans père. »

La formule restait bien énigmatique.

Toutefois, le roi dépêcha aussitôt douze messagers à travers le monde avec l'ordre de rechercher, de trouver et de ramener un tel enfant ou bien de le tuer et de rapporter son sang. Le tout devait naturellement être fait dans les meilleurs délais, car Vortigern voyait le temps passer et il redoutait de plus en plus l'attaque d'Uter-Pendragon. La tâche n'était pas aisée ; comment trouver un enfant né sans père ? C'est ce que se demandaient les envoyés perplexes.

Bien embarrassés, les envoyés du roi chevauchent dans tout le pays et interrogent tous ceux qu'ils rencontrent. Mais personne, nulle part, n'a entendu parler d'un tel enfant. Les messagers craignent de revenir auprès de Vortigern sans avoir accompli leur mission tant ils redoutent sa colère.

Un jour, deux d'entre eux passent près d'un champ où jouent de jeunes enfants. Parmi eux se trouve Merlin. Au cours de la partie, au milieu des rires et des cris, une dispute s'élève. Un des garçons s'en prend à Merlin et le traite « d'enfant né sans père ». Ces mots résonnent agréablement à l'oreille des messagers.

Aussitôt, ils piquent des deux et s'approchent rapidement du groupe pour tenter d'en savoir davantage. Ils espèrent avoir enfin trouvé celui qu'ils cherchent. Ils songent déjà à une belle récompense de la part de Vortigern. Sans leur laisser le temps d'arriver jusqu'au groupe, Merlin le quitte et vient à leur rencontre.

Il s'adresse à eux en ces termes :

– Je suis celui que vous cherchez et dont vous devez rapporter le sang au roi Vortigern, selon les ordres que vous avez reçus.

Stupéfaits, les messagers demandent :

– Qui t'a dit cela ?

Merlin reprend, sans répondre à leur question :

– Jurez-moi que vous ne me ferez aucun mal. À cette condition, j'accepterai d'aller avec vous et j'expliquerai au roi pourquoi la tour qu'il cherche désespérément à faire construire ne tient pas dès qu'elle atteint une certaine hauteur.

Les messagers, de plus en plus décontenancés par un tel don de divination, demeurent interdits. Ils promettent de n'avoir aucun geste inamical envers Merlin. Celui-ci, qui sait lire dans la pensée, voit qu'ils disent vrai et qu'ils n'ont nulle intention de lui faire le moindre mal. Il accepte alors de suivre les deux hommes. Au préalable, il va prendre congé de sa mère à qui il témoigne mille marques d'affection.

Au cours du voyage, Merlin a de nombreuses occasions d'émerveiller encore par son talent les envoyés de Vortigern, si bien que ceux-ci se disent :

« C'eût été vraiment grand dommage que de tuer un tel enfant. »

Au fond d'eux-mêmes, ils espèrent que Vortigern lui fera grâce ou que Merlin saura habilement trouver un moyen de se tirer d'affaire.

Lorsqu'ils arrivent devant le roi, celui-ci commence par reprocher à ses hommes de lui ramener un enfant vivant.

– Son sang aurait suffi, dit-il, et vous auriez fait plus vite.

Mais aussitôt Merlin s'adresse à lui :

– Roi Vortigern, tes clercs et tes astronomes sont des incapables, des ignorants et des prétentieux. Tout ce qu'ils t'ont dit est faux. Si tu veux savoir pourquoi la tour ne peut tenir, je vais te le dire.

Le roi se tait, attend la suite des propos de Merlin. Il est impressionné qu'un si jeune enfant ose être si sûr de lui et indigné qu'il se permette de lui parler sur ce ton péremptoire.

Merlin reprend :

– Sous les deux grosses pierres qui servent de base à la construction dorment deux dragons.

Lorsque, peu à peu, ils sentent le poids de la tour, ils se réveillent. Ils se tournent, ébranlent l'ensemble et la tour ne peut manquer de s'écrouler.

– On verra bien si tu dis vrai, fait Vortigern dont l'irritation grandit de minute en minute.

Aussitôt, le roi rassemble tous les ouvriers du pays. Ils creusent sans relâche et finissent par mettre au jour deux énormes dalles que l'on soulève à l'instant. On voit bien que Merlin avait dit vrai. Sous la première gît un dragon blanc, sous la seconde un dragon rouge. Les monstres sont impressionnants. Ils ne tardent pas à se réveiller et à s'entre-déchirer sous les yeux de tous. Chacun recule, saisi d'effroi, mais nul ne veut perdre une partie de ce spectacle.

Le combat est long, il se prolonge, il dure plus d'une journée et une nuit. Chacun est fatigué et pense que la lutte n'aura pas de fin car aucun des deux dragons ne semble parvenir à prendre le dessus sur l'autre. Enfin, le dragon rouge paraît dominer. Il blesse mortellement le blanc. Mais celui-ci, avant d'expirer, lance un grand jet de feu par la bouche et les narines. Le rouge périt dans les flammes au moment où le blanc meurt.

Merlin prend alors la parole :

– Roi Vortigern, tu peux faire construire ta

tour. Elle tiendra désormais. Tu vois bien qu'il était inutile de me sacrifier.

– Mais, demande Vortigern, puisque tu es si savant, dis-moi donc la signification de la lutte prodigieuse à laquelle nous venons d'assister.

Merlin fait promettre de façon solennelle au roi qu'il ne lui sera fait aucun mal quelle que soit la réponse qu'il donnera, car il sait qu'elle ne fera pas plaisir au vil usurpateur. Vortigern promet.

– Cela préfigure le combat que tu redoutes tant. Celui que va mener Uter-Pendragon contre toi. De même que la bataille a été longtemps incertaine, tu as longtemps conservé un pouvoir acquis par traîtrise et félonie. Et de même que le dragon blanc a brûlé le rouge, tu périras dans les flammes. Je puis t'annoncer, en outre, qu'Uter-Pendragon débarquera dans trois jours à Winchester. Il arrivera sur un vaisseau tel qu'on n'en a jamais vu.

Sur ces mots, Merlin disparaît, laissant Vortigern dans une grande frayeur ; il savait bien ce que valaient les paroles de l'enfant. Il se presse d'envoyer une armée à Winchester pour arrêter les soldats qui débarquaient. Mais, lorsque ses hommes arrivent face à Uter-Pendragon, ils le reconnaissent comme leur légitime suzerain et se rallient à lui. Ils vont grossir les troupes qui vont combattre leur ancien maître : l'usurpateur.

Vortigern s'enferme dans son plus solide château. Il résiste quelque temps mais, lors de l'assaut final, Uter-Pendragon réussit à mettre le feu à la forteresse et Vortigern périt dans les flammes, ainsi que l'avait annoncé Merlin.

Nul ne le regretta. Au contraire, tous se réjouirent d'avoir retrouvé leur légitime suzerain.

3

Rencontre d'Uter-Pendragon et de Merlin

Après avoir quitté Vortigern, Merlin s'était retiré dans la forêt de Northumberland. Le roi Uter-Pendragon, ayant appris toutes les merveilles qu'il avait faites, souhaite vivement le rencontrer. Il envoie de nombreux messagers le rechercher par toute la terre.

Un jour, quelques-uns de ses hommes en train de se reposer au cours d'une halte voient venir vers eux un bûcheron à la barbe longue, les cheveux hirsutes, les habits déchirés. Il a l'air d'un homme sauvage et porte une lourde cognée sur l'épaule.

Il s'adresse aux soldats sur un ton de reproche :

– Vous ne servez guère votre seigneur.

– De quoi se mêle ce vilain ? Passe ton chemin,

bonhomme, disent les messagers, pensant ainsi chasser l'importun.

L'homme poursuit :

– Si j'étais à la recherche de Merlin, je l'aurais trouvé avant vous. Il m'a chargé de vous dire que personne ne pourra l'emmener, même auprès d'un roi. Si le roi veut le rencontrer, il devra se déplacer et venir le chercher lui-même. Ne perdez plus votre temps en vaine errance, allez plutôt dire ces paroles au roi Uter-Pendragon.

Avant que les messagers n'aient le temps de revenir de leur surprise, le bûcheron disparaît. Ils préfèrent suivre les conseils de cet homme des bois. Ils ne s'attardent pas. En toute hâte, ils regagnent la cour.

Dès leur arrivée, ils relatent au roi l'étrange rencontre qu'ils ont faite et les paroles du mystérieux bûcheron. Le roi est content d'avoir des nouvelles de Merlin. Il demande à ses messagers de le guider et il part en grande compagnie. Tous se mettent en route sans plus tarder. Ils chevauchent longuement et parviennent enfin, sans incident, à la forêt de Northumberland. Ils y pénètrent.

Arrivés dans une clairière, ils rencontrent un pauvre bougre difforme qui garde des moutons. Ils l'abordent :

– Vilain, de qui es-tu ?

– J'appartiens à un homme qui m'a dit que le roi viendrait le chercher.

– Je suis le roi, dit Uter-Pendragon.

– Et moi, je suis Merlin.

Les compagnons du roi ne reconnaissent pas Merlin sous les traits de ce berger. Ils ne veulent pas croire qu'il dise vrai. Ils sont sur le point de le châtier pour avoir menti si effrontément au roi. Mais à ce moment, Merlin redevient l'enfant qu'il était lorsqu'il avait expliqué à Vortigern la signification du combat des dragons. Alors, bien entendu, les chevaliers le reconnaissent et comprennent que Merlin s'est amusé, sans méchanceté, à leurs dépens. Tout le monde apprit ainsi que Merlin possédait aussi le pouvoir de se métamorphoser et de revêtir les apparences les plus diverses.

Le roi témoigne une grande amitié à Merlin. Tous deux parlent longuement.

Le roi veut qu'il le suive à la cour. Merlin refuse. Il préfère rester dans la forêt. Uter-Pendragon n'ose insister.

– Au moins, promettez-moi votre aide, dit-il.

– Je promets de vous aider et de vous assister dans toutes les circonstances où ce sera nécessaire, répond Merlin, car je sais que vous êtes un homme juste.

Il tint parole car le roi put ainsi triompher d'un peuple infidèle : les Saxons, auxquels il fallut souvent s'affronter.

Après la victoire, on enterra les corps des compagnons d'Uter-Pendragon qui avaient été tués. Merlin fit venir d'Irlande des pierres si longues et si grosses qu'aucun homme n'aurait pu les soulever. Au lieu de les laisser étendues, il les dressa, car elles étaient encore plus belles une fois élevées.

C'est ainsi que fut fait le cimetière de Stonehenge, près de Salisbury, qu'on verra et admirera tant que durera le monde.

4

LA RENCONTRE D'YGERNE

Une fois la paix revenue, le roi fit annoncer dans tout le royaume qu'il tiendrait désormais sa cour à Carduel, en pays de Galles, chaque année, aux trois grandes fêtes que sont Noël, Pâques et la Toussaint. De nombreux chevaliers, maintes dames et demoiselles y vinrent.

Au cours de l'une d'elles, le roi fit la connaissance d'Ygerne. Cette très belle femme était l'épouse du duc de Tintagel, un des plus nobles chevaliers du royaume. Uter-Pendragon demeura profondément troublé par cette rencontre. Lorsque vint le moment pour la cour de se séparer, le roi dit à Ygerne :

– Dame, sachez qu'en partant vous emportez mon cœur avec vous et que je n'aurai désormais joie sans vous.

Ygerne, qui était aussi sage que belle, préféra feindre de n'avoir pas entendu de tels propos. Elle prit gracieusement congé du roi, le laissant en grand émoi.

Aux cours qui suivirent, Uter-Pendragon, dont l'émotion ne décroissait pas, multiplia les attentions pour Ygerne. Jamais il ne fut accueilli comme il l'aurait désiré et il en souffrait grand chagrin.

Lorsque les cours se terminaient et qu'il demeurait éloigné de la dame de ses pensées, il était triste à mourir. Le voyant ainsi, un de ses chevaliers, qui avait nom Ulfin, lui dit :

– Sire, vous êtes bien naïf de vous laisser de la sorte mourir d'amour pour une femme. Il n'en est pas une qui sache véritablement se défendre dès qu'elle est bien priée et honorée d'hommages généreux accompagnés de beaux joyaux qui séduisent sa coquetterie. Laissez-moi, je vous prie, agir en votre nom.

Ne sachant à quoi se résoudre, Uter-Pendragon accepta la proposition d'Ulfin.

Ulfin commença alors à porter à la duchesse des présents magnifiques accompagnés de phrases d'une grande amabilité. Ygerne pourtant les refusait toujours en disant qu'elle ne saurait accepter en conscience de cadeaux que de celui qui était son seigneur légitime à qui elle avait engagé solennellement sa fidélité.

– Celui qui vous les adresse est votre seigneur légitime, dit Ulfin.

– Comment cela ? Que voulez-vous dire ? Ce n'est pas le duc qui m'envoie tous ces bijoux !

– Dame, je vous apporte toutes ces pierres de grande valeur de la part du roi, votre seigneur légitime.

En apprenant qu'Uter-Pendragon avait recours à un tel procédé, Ygerne fut atteinte dans sa dignité et demeura fort indignée. En pleurant, elle affirma qu'elle chercherait désormais à éviter tout lieu où le roi pourrait la rencontrer.

Elle fit ce qu'elle avait dit et le plan d'Ulfin échoua.

Le roi fut naturellement très contrarié. Il souffrait. Il ne lui était plus possible de témoigner de l'amitié à Ygerne par quelques marques de gentillesse, ni même de la voir.

Un jour, il montre au duc de Tintagel, l'époux d'Ygerne, une coupe d'or finement ciselée et joliment travaillée.

– Messire, me ferez-vous le plaisir de demander à votre femme d'accepter cette coupe et la vider pour l'amour de moi ?

– Sire, grand merci pour cet honneur, répondit le duc qui ne pensait pas à mal.

Il envoie un de ses chevaliers, qui avait nom Bretel, chez la duchesse, avec pour mission d'accomplir le vœu du roi.

Bretel arrive chez Ygerne. Il s'agenouille respectueusement devant elle et lui transmet le message royal et la volonté de son mari de la voir l'accepter. La duchesse n'ose refuser de prendre la coupe puisque le duc lui-même l'en priait. Elle la boit et renvoie Bretel sans mot dire, contrariée du nouveau subterfuge qu'avait trouvé Uter-Pendragon pour lui exprimer sa passion.

Le chevalier revient près du roi et, pensant bien faire et traduire la pensée de la duchesse, lui adresse en son nom mille remerciements aimables, quoique Ygerne n'en ait prononcé aucun.

Le soir, de retour à son hôtel, le duc trouve sa femme en pleurs.

– Dame, dit-il, pourquoi vous lamentez-vous ainsi ?

– Ah ! messire, je préférerais être morte.

– Me direz-vous enfin la cause d'un tel tourment !

– Je ne vous la cèlerai point, messire, je vous dois toute vérité et ne veux rien vous dissimuler.

Sachez que le roi m'aime. Toutes les fêtes qu'il donne en l'honneur de tous en apparence, il le fait pour moi. J'ai refusé jusqu'à aujourd'hui tous les somptueux présents qu'il m'a voulu faire hormis, tout à l'heure, cette coupe, car c'est vous-même qui me demandiez de la garder. Je vous en supplie, messire, je vous le demande en grâce, ramenez-moi à Tintagel.

Le duc, très contrarié de ce qu'il vient d'entendre, ordonne aussitôt à ses chevaliers de quitter la ville immédiatement. Sans plus attendre, en pleine nuit, sans faire de bruit ni se soucier de leurs bagages qui suivraient le lendemain, les vassaux du duc de Tintagel obéissent à leur seigneur.

Le lendemain matin, le roi apprend la nouvelle. Le départ d'Ygerne lui cause une grande et vive douleur. Il réunit tous ses barons en conseil. Ceux-ci l'incitent à envoyer deux messagers auprès du duc pour lui faire remontrance de son attitude injurieuse envers leur suzerain à tous.

Ainsi fut fait, mais la seule réponse du duc aux émissaires royaux fut :

– Le roi m'a forfait.

Alors, Uter-Pendragon fut obligé de requérir ses barons pour l'aider à punir son homme lige de sa folie.

5

La naissance d'Arthur

Le duc s'était enfermé dans le plus fort de ses châteaux. Il était bien à l'abri derrière les hauts remparts de sa forteresse. Malgré des efforts prolongés et de nombreuses tentatives, Uter-Pendragon ne put s'emparer de la place forte.

Tous ses assauts furent repoussés. Il voyait bien qu'il était inutile de s'acharner. Il n'osait cependant lever le siège, car il craignait fort d'encourir le blâme de ses barons pour ce renoncement. Il en avait grande envie pourtant depuis qu'il avait appris qu'Ygerne était demeurée en sûreté à Tintagel. Prendre la forteresse du duc ne lui ferait pas revoir la duchesse, mais il ne pouvait dire à tous le fond de son cœur.

Il était assis sous sa tente, un soir, pensif et morne, lorsqu'il vit entrer Ulfin.

– Sire, que ne faites-vous appel à Merlin pour vous aider dans cette infortune ? Il vous a promis son aide en toute circonstance.

– Hélas ! Il sait bien que j'ai perdu tout repos depuis un an et que je devrai mourir d'amour. Toutefois, il ne vient pas. Sans doute me désapprouve-t-il de vouloir prendre la femme de mon homme lige. Mais est-ce ma faute si mon cœur ne peut s'arracher d'Ygerne ?

Au moment même où il disait ces mots, Merlin entra dans la tente. Le roi lui réserva le meilleur accueil et lui dit :

– Bel ami, il n'est de venue que j'aie souhaitée plus que la vôtre. Vous savez bien ce que mon cœur désire, il est inutile que je vous parle longuement.

– Sire, je le sais bien. Je suis prêt à vous obtenir l'amour d'Ygerne, mais il faut, en contrepartie, que vous me promettiez de m'accorder le don que je vous demanderai le moment venu.

Ivre de joie à la pensée de conquérir Ygerne, Uter-Pendragon promet ce que demande Merlin et jure de tenir parole.

Alors l'enchanteur, le roi et Ulfin partent en grand secret pour Tintagel.

À proximité du château, Merlin les fait s'arrêter. Il cherche, quelques instants, une herbe qu'il cueille. Puis il demande à Ulfin de s'en frotter les mains et le visage. Il dit ensuite au roi de faire de même. À leur plus grand étonnement, Ulfin prend les traits de Jourdain, un des plus fidèles serviteurs du duc. Le roi revêt ceux du duc lui-même. Quant à Merlin, il n'a pas besoin d'herbe pour se transformer. Il se métamorphose. Le roi et Ulfin ont l'impression que c'est Bretel qui les accompagne tant la ressemblance est parfaite.

Tous trois se présentent à la porte du château. Le guetteur croit les reconnaître et les laisse entrer. La nuit était tombée.

Le faux duc, sans s'attarder, se rend dans la chambre d'Ygerne.

Celle-ci lui fait bel accueil tant elle le prend pour son mari si fort aimé.

– Je n'osais vous attendre, dit-elle.

Elle lui prodigue maintes caresses. Ils vont se coucher, et c'est ainsi que fut engendré un bon seigneur qui, plus tard, eut nom Arthur.

Le lendemain, une fois qu'ils furent sortis du château et qu'ils eurent repris leurs apparences naturelles, Merlin apprit au roi que, de la nuit qu'il avait passée auprès d'Ygerne, naîtrait un fils et il lui demanda de lui en faire don ainsi qu'il l'avait promis la veille. Le roi tint parole et accepta.

À leur retour au camp, ils apprennent que le duc a fait une sortie pendant la nuit, au cours de laquelle il a été désarçonné. Puis des gens de pied, qui ne l'avaient pas reconnu, l'ont tué malencontreusement. La nouvelle se répand vite et chacun la commente. Uter-Pendragon cherche un moyen de réparer les torts et dommages qu'a subis son homme lige. Le roi et tous les barons trouvent que la mort a été un châtiment trop grand pour la faute commise.

On fit venir Ygerne et ses proches parents. Ulfin, qui était fort sage, parla le premier :

– Le duc est mort, mais son forfait n'était pas si grand pour mériter semblable châtiment. Sa femme reste seule avec ses enfants sans protection. Sa terre est détruite par la force du roi. À mon avis, il serait juste qu'il prenne la duchesse pour femme afin de réparer tous ces dommages.

La douleur d'Ygerne était telle qu'elle ne pouvait prononcer un mot. Ses parents les plus proches répondirent que c'était là, selon eux, une paix équitable.

C'est ainsi que, trente jours plus tard, on célébra les noces d'Uter-Pendragon et d'Ygerne.

Quand Ygerne se rendit compte qu'elle attendait un enfant, elle avoua à son mari comment un homme était venu la visiter si peu après la mort du duc qu'elle l'ignorait encore. Elle lui dit aussi combien la ressemblance était grande au point de permettre la méprise. Elle l'avait alors accueilli et reçu comme son époux.

Le roi répondit :

– Belle amie, ce serait grande honte que vous ayez un enfant si tôt après nos noces. À sa naissance, nous le confierons à quelqu'un qui saura bien l'élever. Ainsi nul ne pourra vous blâmer.

Lorsque l'enfant fut né, Uter-Pendragon en fit don, ainsi qu'il l'avait promis, à Merlin.

L'enchanteur le confia en grand secret à Antor, l'un des meilleurs chevaliers du royaume, dont la femme avait accouché quelques mois plus tôt. Elle confia son propre enfant à une nourrice et allaita celui qu'on lui amenait. Antor le fit baptiser sous le nom d'Arthur et l'éleva en compagnie de son fils qu'il avait nommé Keu.

Et ainsi des années passèrent.

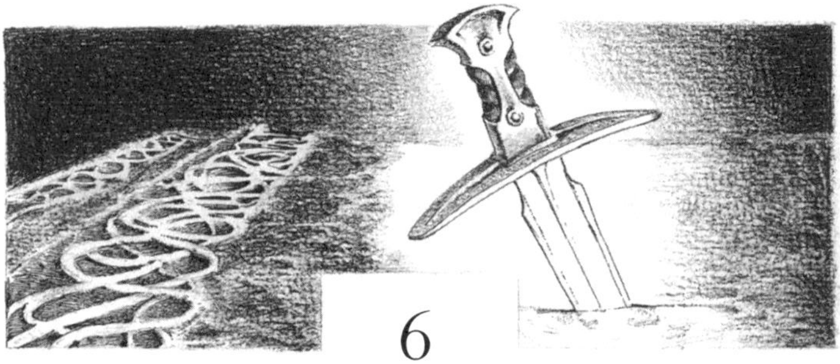

6

Le perron merveilleux et le sacre d'Arthur

Uter-Pendragon mourut seize ans plus tard, deux ans après Ygerne, qu'il perdit à grand regret. Ils n'avaient pas eu d'enfant ensemble. Alors les barons demandèrent à Merlin de désigner celui qui devait succéder au roi. L'enchanteur leur répondit qu'il fallait attendre Noël.

La veille de cette fête, tous les barons du royaume de Logres se réunirent et, parmi eux, Antor, Keu et Arthur. Le lendemain, tous ensemble, ils allèrent à l'église. En sortant de la messe, la foule fut très étonnée et émerveillée. Une grande pierre taillée, que nul n'aurait pu apporter, s'élevait au milieu de la place. Une épée magnifique s'y trouvait enfoncée jusqu'à la garde. L'archevêque s'approche de la pierre pour la bénir et il y découvre l'inscription suivante : « Celui qui ôtera cette épée de ce perron sera le roi choisi par Jésus-Christ. »

À l'instant, tous les nobles barons veulent faire l'essai. Ils se pressent autour du perron. Chacun espère au fond de lui-même être le roi. Mais aucun ne parvient à faire bouger l'épée. On les voit faire pourtant des efforts impressionnants. Ils tirent à deux mains, bloquent leur respiration, transpirent et rougissent sous l'effort. Mais en vain. Après eux, d'autres chevaliers tentent à leur tour de relever le défi, mais ils ne réussissent pas davantage. L'épée reste scellée dans la pierre. L'entreprise semble impossible.

Plusieurs jours passèrent. Le perron et son épée étaient toujours là.

Pour fêter le début de l'année, la coutume voulait que l'on organisât un grand tournoi. Longtemps, les chevaliers y joutent, donnant un beau spectacle. À la fin, ils font une grande mêlée. Alors Keu, le fils d'Antor, qui avait été fait chevalier peu de temps avant Noël, désire y participer.

Il appelle Arthur et lui demande :

– Va chercher mon épée à notre hôtel.

– Volontiers, répond l'adolescent.

Arthur pique des deux vers le logis. Hélas, il ne

peut trouver l'épée de son frère, ni aucune autre, car toutes avaient été rangées dans une pièce fermée à clé et tous avaient quitté la maison pour assister à la farouche mêlée. Arthur est sur le point de revenir sans épée, lorsqu'il passe devant le perron merveilleux. Il pense qu'il n'a jamais fait l'essai. Il s'approche, saisit l'épée et retire le glaive sans effort.

Aimablement, il l'apporte à son frère et lui dit :

– Je n'ai pu trouver ton épée, mais je t'apporte celle du perron.

Keu la prend sans mot dire et, au lieu de se rendre dans la mêlée, va voir son père.

– Messire, lui dit-il, je serai roi. Voici l'épée du perron.

Antor, dans sa grande sagesse, ne le croit guère. Il le presse de questions, lui fait jurer de dire vrai. Keu confesse aussitôt la vérité.

Antor appelle alors Arthur.

– Allez remettre l'épée dans la pierre et ne dites rien à personne.

L'adolescent replace le glaive avec grande facilité, comme s'il l'enfonçait dans une terre molle. Voyant cela, Antor lui demande :

– Beau doux sire, si vous deveniez roi, quel bien m'en adviendrait-il ?

L'enfant répond :

– Tout ce que je posséderais alors vous appartiendrait de bon droit puisque vous êtes mon père.

– Beau sire, je dois vous dire quelque chose. Il est vrai que je suis votre père par le cœur car je vous ai élevé en grande affection. J'ai même confié mon propre fils à une nourrice afin que vous fussiez nourri du lait de sa mère et je vous ai traité avec grande douceur. Mais ce n'est pas moi qui vous ai engendré.

– Je vous en supplie, répond Arthur, considérez-moi toujours comme votre fils, car vous m'êtes le plus doux des pères. Si par la volonté de Dieu je deviens roi, sachez qu'il n'est demande que vous n'obtiendrez de moi.

– Je vous demanderai de toujours garder Keu auprès de vous et de faire de lui votre sénéchal. Même si sa conduite n'est pas toujours la plus sage, souvenez-vous qu'il aura l'excuse de n'avoir pas été allaité par sa propre mère et que c'est vous qui avez bénéficié de ce don.

Sans hésiter, Arthur jure qu'il fera de Keu son sénéchal et qu'il le gardera toujours auprès de lui.

Antor attend l'heure des vêpres. Quand tous les barons sont rassemblés, il demande à l'évêque la permission pour son jeune fils d'essayer de tirer l'épée du perron, bien qu'il ne soit pas encore chevalier. Des barons sourient de ce qu'ils croient vaine prétention et déjà se préparent à lancer mille moqueries à l'encontre de l'adolescent. Arthur ne dit mot. Il s'approche de la pierre, d'une main, sans effort, il retire l'épée. Aussitôt tout le peuple crie sa joie et son enthousiasme.

Mais déjà, parmi les barons, un murmure s'élève.

– Il n'est pas possible qu'un garçon d'aussi bas lignage devienne notre suzerain.

L'archevêque leur répond qu'ils sont fous de prétendre aller contre la volonté divine. Il permet cependant aux mécontents de refaire l'essai. Ceux qui tentent de retirer le glaive sont ridicules. Ils demandent un nouveau délai jusqu'à Pâques.

Mais, à la date fixée, aucun n'est parvenu à arracher l'épée. Ils sont bien obligés de reconnaître alors Arthur pour leur roi. Il est décidé qu'il sera sacré à la Pentecôte.

Après la cérémonie du sacre, lorsque tous sortirent de l'église, la place était de nouveau vide, la pierre merveilleuse avait disparu.

7

La révolte des barons

Quelque temps après le sacre, le roi Arthur tint une grande cour à Kerléon. De très nombreux barons de la couronne de Logres y vinrent et Arthur remit à tous de magnifiques présents.

En dépit de sa générosité, certains de ses vassaux montrèrent du dédain et firent preuve d'hostilité à son égard. Ils refusaient d'être au service d'un homme de si bas lignage. Voyant leur attitude, Arthur s'enferma prudemment dans son château. Les barons s'installèrent autour de la forteresse à le surveiller, comme pour un siège.

Plusieurs jours passèrent. Dans chaque camp, la tension croissait. C'est alors que Merlin arriva.

Il fut bien accueilli par tous les barons qui lui demandèrent :

– Qui donc est ce roi que l'archevêque prétend nous imposer contre notre volonté ?

– Messires, dit Merlin, l'archevêque a agi comme il le fallait. Ce roi n'a-t-il pas été choisi en respectant l'inscription portée sur le perron merveilleux ? Il serait bien fou celui qui prétendrait aller contre. Enfin, sachez qu'Arthur n'est pas le fils d'Antor. Il est de plus haute naissance qu'aucun d'entre vous, ne critiquez donc pas son lignage.

Merlin envoie chercher Arthur. Le roi vient au camp des barons, accompagné d'Antor et d'Ulfin. Tous trois ont revêtu une cotte de mailles car ils craignent quelque félonie de la part des barons. Merlin relate alors à tous ceux qui sont assemblés l'aventure d'Uter-Pendragon.

Après le récit de la naissance d'Arthur, les barons ne savent plus quelle attitude adopter. Ils comprennent bien qu'ils ne peuvent plus reprocher à Arthur d'être de trop bas lignage pour succéder à Uter-Pendragon.

L'un d'eux, trouvant un autre prétexte pour refuser sa fidélité au nouveau roi, affirme alors :

– Nous ne pouvons accepter de tenir nos fiefs d'un enfant illégitime.

Les autres se rangent à son avis et se moquent

de Merlin. Puis ils se rassemblent derrière leurs bannières en vue d'attaquer le château.

Arthur, qui était revenu s'y enfermer, est soutenu par la plus grande partie du peuple. Seuls quelques chevaliers lui sont demeurés fidèles. Il a grand besoin de l'aide de l'enchanteur. Il sait qu'il peut compter sur Merlin.

– Sire, faites armer tous vos gens sans tarder davantage. Ensuite, rassemblez-les derrière le pont-levis, mettez-vous à leur tête. À mon signal, sortez hardiment.

Merlin monte sur la plus haute tour. De là, il domine tout le camp des barons. Il jette un enchantement sur les armées ennemies et, aussitôt, les tentes et les pavillons des rebelles s'enflamment. Il se retourne et fait signe au roi. Arthur et les siens comprennent que le moment est venu. Ils chargent aussi vite que leurs chevaux peuvent aller, la lance basse, le bouclier contre le cœur. Surpris, l'ennemi se trouve désemparé.

Cependant, le roi Nantre de Garlot, un des chevaliers les plus redoutables de son temps, pense qu'il suffit de tuer Arthur pour que la guerre prenne bientôt fin et qu'un autre suzerain soit désigné. Arthur prend bon appui sur ses étriers. De sa lance, il heurte le vil félon avec une telle vigueur qu'il lui perce le bouclier et le désarçonne avec violence. À la vue d'une telle action, les gens du roi Nantre se précipitent au secours de leur seigneur. Ceux d'Arthur cherchent à s'opposer à leur intervention. La mêlée devient furieuse.

La lance d'Arthur s'est rompue sous le choc. Il tire alors son épée « Escalibor », celle qu'il a arrachée du perron merveilleux. Il frappe à droite, à gauche avec une ardeur si farouche qu'il semble entouré d'éclairs. Difficilement, les chevaliers rebelles s'opposent à lui. En grand nombre, ils l'assaillent et parviennent à le renverser de son cheval. Keu, Bretel, Antor, Ulfin se précipitent à sa rescousse. Keu se mesure au roi Lot d'Orcanie, adversaire d'une grande force. Il lui assène un coup des plus violents sur le heaume, puis le frappe et le refrappe jusqu'à le faire choir de son destrier. Il le laisse tout pâmé. La foule du peuple se rue dans la mêlée devenue générale et, armée de haches, de masses, de bâtons, fait reculer l'ennemi sous le nombre puis le met en fuite.

Arthur, remis en selle par les siens, se lance à la poursuite des fuyards. Il atteint le farouche Idier. Déjà, il lève l'épée pour le frapper sur le heaume, mais le jeune roi a pris tant d'élan que son cheval l'entraîne plus loin qu'il n'aurait fallu, et le coup, frôlant le chevalier, tombe sur le destrier qu'il abat en lui tranchant net la tête.

Tous les rebelles fuient maintenant, laissant leurs bagages sur le terrain, abandonnant toutes leurs riches vaisselles d'or et d'argent. Ils marchent toute la nuit. Leurs troupes avancent en grand désordre. Beaucoup doivent être portés en litière car leur état ne leur permet pas de se déplacer autrement. Tous souffrent du froid, de la faim et de la soif.

Ils parviennent enfin chez le roi Urien de Gorre. Ils y demeurent quelque temps à se reposer et à soigner leurs blessés. Ils n'y sont que depuis quelques jours lorsque des messagers arrivent et leur apprennent que les Saxons ont profité de leur absence pour envahir leurs terres. Ils ont commencé à dévaster les campagnes, à détruire et à brûler des bourgs.

Les rois sont inquiets. Ils ont perdu beaucoup de leurs gens, leurs forces ont été mises à rude épreuve. Ils savent bien qu'ils ne peuvent attendre aucun secours du roi Arthur. Il leur faut rentrer sans tarder pour tenter de défendre leurs terres.

8

L'aide du roi Léodagan

Après avoir triomphé, avec l'aide de Merlin, de tous ses vassaux félons, le roi Arthur tint une cour magnifique pour célébrer sa victoire. Nul ne conteste plus son autorité ni sa légitimité. Il y fait de multiples présents et arme nombre de nouveaux chevaliers.

À l'issue des réjouissances, Merlin lui dit :

– Sire, il vous faut maintenant penser à fortifier vos châteaux, à garnir vos forteresses afin de rendre votre territoire invulnérable. Lorsque cela sera fait, allez vous mettre, avec ceux qui seront prêts à vous suivre, au service du roi Léodagan de Carmélide. C'est maintenant un homme âgé et ses mauvais voisins lui mènent une dure guerre injuste. Ils ont fait des alliances et viennent conquérir son royaume qu'ils convoitent fort. Ils comptent se le partager. Vous devez tout tenter pour mettre fin à cette vile entreprise.

– Je suis prêt à me mettre au service de cette juste cause, répond le roi.

Arrivent à cet instant, à la cour d'Arthur, Ban de Bénoïc et Bohor de Gannes. Ils sont frères et rois en la Petite-Bretagne. Ils viennent rendre hommage au roi Arthur. Celui-ci se sent très honoré de cette venue. Il les accueille et les reçoit avec grande cérémonie. Une fête est organisée en leur honneur.

Lorsque Ban de Bénoïc et Bohor de Gannes apprennent l'intention d'Arthur de se rendre au secours du roi Léodagan, ils ont grande envie de se joindre à lui, mais ils craignent pour leurs propres royaumes.

Merlin les rassure.

– Il n'adviendra rien de mal à vos fiefs pendant votre absence. Au contraire, vous en tirerez grand honneur et grand bien.

– Nous partirons donc avec le roi Arthur et tous ses compagnons, disent alors Ban et Bohor.

Quand le roi Arthur eut bien renforcé toutes ses places ainsi que le lui avait conseillé l'enchanteur, ses compagnons et lui prirent le chemin de la Carmélide.

Il faut de nombreuses journées de trajet. Ils chevauchent si bien qu'ils parviennent à Carohaise, en Carmélide. Le roi Léodagan tient conseil avec tous ses barons. Les chevaliers entrent dans la salle.

Tous se saluent, puis le roi Ban prend la parole :

– Roi Léodagan, nous venons vous offrir aide et loyale assistance. Nous ferons tout ce qui sera en notre pouvoir pour vous défaire de vos ennemis. Nous combattrons avec courage et grande vaillance, mais nous demandons que nul ne cherche jamais à savoir qui nous sommes. Nous vous le dirons lorsque nous le déciderons.

– Soyez bienvenus, nobles chevaliers inconnus, répond le roi Léodagan. J'accepte votre condition en mon nom et en celui de tous mes chevaliers. Je vous remercie de votre assistance dont j'ai grand besoin.

Une semaine ne s'est pas écoulée que l'armée ennemie paraît devant Carohaise. Ponce-Antoine est à la tête de ceux de Romanie, le duc Frolle conduit les Allemands et le roi Claude commande ceux de la Terre Déserte. Les guetteurs aperçoivent au loin des colonnes de fumée et voient venir les premiers coureurs ennemis. Aussitôt, le signal est donné et l'on ferme les portes. Tout le monde court aux armes.

Les hommes du roi Léodagan se groupent sous son enseigne d'azur à trois bandes d'or. Le roi Arthur et les siens se rassemblent sous la bannière de Merlin. Elle porte un petit dragon, à longue queue fourchue, qui semble lancer des flammes. L'ennemi s'approche rapidement. Ils commencent à lancer des javelots contre le pont-levis. Voyant cela, Merlin ordonne aux portes de s'ouvrir. Les battants s'écartent alors, comme si nulle serrure ne les avait retenus.

Le roi Arthur se précipite dehors avec tous les siens. Le pont-levis se relève, la porte se referme, la barre retombe sans nulle intervention.

Tous admirent ce prodige, surtout ceux qui ne connaissent pas Merlin. L'enchanteur donne alors un coup de sifflet. Il fait naître ainsi un nuage de poussière. À bride abattue, ses compagnons se ruent sur les ennemis et font grand carnage.

À son tour, le roi Léodagan sort de la place forte et dispose ses chevaliers en deux corps. Il en prend un sous son commandement et place l'autre sous les ordres de son sénéchal, Cléodalis.

La bataille prend une grande ampleur. De tous

côtés, les lances se heurtent, les épées frappent avec violence sur les heaumes et les écus. Nul ne ménage sa peine ni son courage. C'est merveille de voir si grande bravoure.

Ceux de la Terre Déserte mettent les gens de Léodagan en difficulté. Le roi même est renversé de sa monture. Il est fait prisonnier.

Merlin est vite informé de la nouvelle qui l'attriste. Il lève son enseigne et s'écrie :

– À moi, francs chevaliers !

À cet appel, aussitôt, tous ses compagnons se rassemblent derrière lui. D'un même galop, ils chargent les ennemis qui emmènent le roi. Ils parviennent, non sans mal, à le délivrer. Ils sont prompts et farouches. Ils lui donnent de nouvelles armes et un bon destrier. À peine ont-ils permis à Léodagan de repartir au combat qu'ils se pressent à l'aide de Cléodalis qui a maille à partir avec ceux de Romanie.

De nouveau, il leur faut frapper de grands coups. Ils prennent de grands risques tant leur ardeur à vaincre les anime. Arthur connaît la vaillance de Ponce-Antoine. Ce serait folie de mésestimer son adversaire en un jour pareil. Il le voit batailler durement. Il pique des deux avec une force si brutale que le sang jaillit des flancs de son destrier. L'animal tressaille sous la douleur et le porte à vive allure vers l'ennemi. De sa lance, Arthur troue l'écu de son adversaire, lui déchire le haubert et l'atteint si profondément que l'arme ressort dans le dos. Après un tel coup, percé de part en part, Ponce-Antoine tombe mort.

Arthur tire alors Escalibor, sa fidèle épée qui ne le quitte plus depuis le jour où il l'a saisie du perron merveilleux. Il fait si bien que tous ceux qui le voient l'admirent d'être si vaillant et si preux alors qu'il est encore si jeune. Tous ceux qui ne le connaissent pas sont persuadés qu'il sera un des plus grands chevaliers de tous les temps.

Pendant ce temps, le roi Ban de Bénoïc cherche Claude de la Terre Déserte. Il l'aperçoit enfin au milieu des siens. Il se précipite vers lui, l'épée levée. Claude fait de grands efforts pour éviter le coup. L'arme s'abat avec rudesse et tranche le bouclier, l'arçon et le cheval. Ban de Bénoïc va alors au secours de Bretel qui est en difficulté. Près de lui, déjà, Ulfin l'assiste. L'ennemi parvient à les enserrer tous les trois. Les chevaliers se défendent avec courage, sans reculer d'un pouce. Ils sont sur le point de céder sous le nombre et d'être tués, ce qui serait une perte irréparable pour la chevalerie. Bohor de Gannes est inquiet pour son frère. Il demande de l'aide à Merlin. La situation est si critique que seul l'enchanteur peut redonner espoir. Le dragon de l'enseigne semble alors s'animer. Il crache du feu sur les bannières ennemies. Les gonfalons s'enflamment. Tous les compagnons d'Arthur en profitent pour s'élancer sans tarder au secours des trois braves chevaliers. Ils parviennent à disperser l'ennemi et à les dégager. À peine ont-ils été secourus qu'Ulfin, Bretel et Ban de Bénoïc remontent en selle, ils prennent de nouvelles armes car les leurs ont beaucoup souffert. Sans plus attendre, ils repartent combattre.

La bataille prend un mauvais tour pour les envahisseurs. Le duc Frolle voit ses enseignes brûlées, les siens tués ou débordés. Soudain, il tourne bride et se met à fuir aussi vite que le porte son destrier. Arthur l'aperçoit. Sans hésiter, il quitte le combat et se lance à sa poursuite. Il est sur le point de le rejoindre.

– Géant félon, lui crie-t-il, qu'il est lâche, le chef qui abandonne les siens sur le point d'être défaits.

Le duc tourne la tête. Il a grand dépit de voir qu'il n'est menacé que par un chevalier qui paraît être un enfant en comparaison de lui. Furieux, il fait demi-tour et s'élance, la masse à la main.

Arthur fait face. De sa lance, il lui perce l'épaule dès le premier coup. Frolle riposte d'un coup de masse qu'Arthur parvient à grand-peine à esquiver. Heureusement, il est souple et prompt. Mais ils ont tous deux pris tant d'élan que les deux chevaux se heurtent violemment. Les deux hommes sont désarçonnés sous le choc. Plus léger et plus rapide, Arthur est le premier à se ruer sur son adversaire. Les épées sont tirées.

– Messire, dit Frolle, hautain, j'ignore qui vous êtes, mais pour le courage dont vous faites preuve en m'assaillant, je suis prêt à vous faire grâce. C'est une faveur que je n'ai jamais encore concédée. Donnez-moi vos armes et je vous laisserai aller.

Entendant cela, Arthur rougit de dépit.

– Sachez que je suis le fils du roi Uter-Pendragon. Ni mon père ni moi n'avons accepté de reculer devant un adversaire quel qu'il soit et jamais je ne le ferai. Rendez-vous, ou vous êtes un homme mort.

– Ainsi, tu es Arthur, reprit le duc. Apprends que je fais le serment de ne plus connaître ni le goût du vin ni celui du pain tant que je te saurai vivant.

Ces mots à peine prononcés, il se jette sur Arthur. Le jeune roi l'évite et l'atteint à l'œil droit. Le duc sent que le sang lui coule sur le visage. Fou de colère, il court sur son adversaire qui est obligé de reculer. Arthur se défend à grands coups d'Escalibor. Apparaissent alors les chevaliers de Romanie poursuivis par Ban de Bénoïc. Inquiet, le duc revient à son cheval. Il l'enfourche promptement. Il est prêt à s'enfuir. Arthur lui décharge alors un grand coup d'épée sur le bras et le géant lâche son arme avant de disparaître à bride abattue. Arthur ramasse l'épée et repart en compagnie de ses amis.

Tous se réjouissent de la victoire en retournant au château. Ils savent qu'elle sera célébrée en grande allégresse.

9

ARTHUR RENCONTRE GUENIÈVRE

La nuit est tombée maintenant. Arthur et ses compagnons chevauchent dans l'obscurité vers le palais. Ils y parviennent sans encombre. Le roi Léodagan, qui les attend, leur réserve le meilleur accueil. Il loue leur bravoure, rend hommage à leur vaillance et leur exprime longuement sa reconnaissance.

Les chevaliers se désarment et nettoient leurs armes. Ils essuient leurs épées toutes tachées de sang et de cervelle.

Puis la fille du roi Léodagan, qui s'appelle Guenièvre, vêtue de ses plus beaux habits, parée de ses plus riches bijoux, vient présenter aux trois rois, Arthur, Ban et Bohor, l'eau chaude dans un magnifique bassin d'argent. Elle leur lave le visage et le cou. Elle voit combien ils ont souffert. À l'aide d'une serviette blanche joliment travaillée, elle les essuie. Tout est grâce et délicatesse dans ses gestes.

Arthur montre l'épée qu'il a prise au duc Frolle et raconte le combat qu'il a mené contre lui. Il dit comment son adversaire l'a outragé en lui proposant de lui faire grâce mais il tait la réponse qu'il lui a faite car personne, hormis Merlin et ses compagnons, ne doit encore savoir qui il est.

Guenièvre l'écoute et le regarde. Elle pense au fond d'elle-même : « Elle sera bienheureuse la dame qui sera requise d'amour par un si beau et si vaillant chevalier. »

De son côté, Arthur est tout heureux de l'intérêt qu'elle montre à son récit. Il trouve qu'elle est plus belle que toutes les femmes qu'il a rencontrées. Son visage est fin et charmant, et son corps est sans défaut. Il n'a de cesse de la dévisager, d'admirer la finesse de ses traits et son élégance. Lorsque le regard de Guenièvre croise le sien, il sent une tendre chaleur l'envahir. Il sait que, si Guenièvre est belle, elle possède, tout autant que la beauté, les meilleures qualités de cœur et de générosité.

Quand le repas est prêt, on passe à table. Les meilleurs mets sont servis, accompagnés des vins les plus fins, tant le roi Léodagan veut remercier et honorer ses hôtes. Ban de Bénoïc et Bohor de Gannes mettent Arthur entre eux.

Le roi Léodagan en conclut : « Ce chevalier inconnu à qui ces deux rois font un tel honneur, en le plaçant ainsi, doit être un très grand seigneur. »

Guenièvre offre à boire à Arthur. Le jeune roi est si troublé et si ému qu'il semble en oublier le boire et le manger. La jeune fille s'en aperçoit, elle lui dit avec grande douceur, de sa voix mélodieuse :

– Messire, buvez, s'il vous plaît. Ne me tenez point grief de ne pas vous appeler par votre nom, car j'ignore qui vous êtes et ne sais si je le saurai un jour. Ne paraissez pas si distrait à table, vous qui nous avez si bien montré combien vous saviez ne pas l'être, en d'autres circonstances plus périlleuses, les armes à la main.

Arthur est fort sensible au compliment de Guenièvre. Il prend la coupe, la boit en adressant un aimable sourire à la jeune fille.

Le repas achevé, on retire les nappes et les chevaliers conversent. Le roi Ban de Bénoïc s'approche alors du roi Léodagan et lui dit :

– Sire, votre fille me paraît plus que gente et sage. Vous me permettrez d'être très étonné de ne pas la voir déjà mariée à un noble chevalier.

Le roi Léodagan soupire et, la voix un peu triste, répond :

– Ce que vous dites est bien vrai, messire. Nombreuses sont les qualités de ma fille. Hélas, la guerre m'a toujours empêché de me préoccuper de son mariage. Sachez pourtant que si je trouvais un chevalier qui soit digne d'elle, je lui donnerais volontiers ma fille. Il aurait aussi toute ma terre après moi.

Merlin entend ces paroles. Au fond de lui-même, il sourit. Il a bien remarqué et compris l'émotion d'Arthur et de Guenièvre. Mais il pense que le moment n'est pas venu. Il fait un signe discret au roi Ban de Bénoïc pour que la conversation prenne un autre tour, et on ne parle plus du mariage de Guenièvre.

Pendant quelques jours, les chevaliers se reposent. Le roi Léodagan et tous les siens tiennent le roi Arthur et ses compagnons en grande estime.

Un soir, il dit :

– Nobles sires, vous m'êtes infiniment chers, et ainsi devez bien être à mon cœur car vous avez sauvé ma vie et mon royaume. Ce que je désirerais le plus au monde maintenant est de savoir qui vous êtes. Auriez-vous l'obligeance de bien vouloir me le dire ?

Les chevaliers ne savent que répondre. Tous se tournent vers Merlin, attendant un signe de l'enchanteur.

Celui-ci prend la parole et montre Arthur :

– Voici celui qui est notre seigneur à tous. Sachez seulement qu'il est de plus haut lignage que vous tous. Nous allons par le monde en quête d'aventures et d'exploits. Nous espérons, au cours des hauts faits que nous accomplissons à son service, lui trouver une femme qui soit digne de lui.

Le roi Léodagan répond :

– Ma fille est noble et pure, je la crois la plus belle et la plus sage qui soit.

Il n'ose la proposer.

Merlin reprend la parole :

– Sachez, Sire, que si votre fille est proposée, elle ne sera certes pas refusée. Nous avons pu juger de sa noblesse et de celle de son père.

À ces mots, Léodagan connaît une grande joie. Il ne pouvait espérer meilleur parti pour sa fille.

Aussitôt, il envoie chercher Guenièvre. Il appelle, ensuite, tous les chevaliers qui sont dans le château. Il les fait entrer dans la pièce. Tous s'attendent à une grande nouvelle. Quand tout le monde est réuni, il demande le silence et, d'une voix forte, d'un ton solennel, il dit :

– Noble sire, dont je ne connais toujours pas le nom, mais dont toute la grande noblesse m'est bien apparue…

Il s'interrompt quelques instants, prend la main de sa fille, la met dans celle d'Arthur, puis poursuit :

– … recevez, puisque vous l'agréez, ma fille pour femme et épouse légitime et, avec elle, tous mes biens, après ma mort. Je ne pouvais, je pense, la donner à meilleur seigneur.

Tout ému, Arthur regarde la jeune fille et dit au roi Léodagan :

– Grand merci, sire. Je sais combien votre fille vous est chère. Sachez qu'elle l'est autant à mon cœur.

Alors l'évêque de Carohaise s'approche. Il se met devant les jeunes gens qui se tiennent la main. Il bénit les fiançailles d'Arthur et de Guenièvre.

Merlin dit alors :

– Il est temps maintenant que vous sachiez qui nous sommes. Apprenez, vous, roi Léodagan, et vous tous qui êtes ici assemblés, que Guenièvre vient d'être promise en mariage au roi Arthur de Bretagne, fils du roi Uter-Pendragon.

À ces mots de l'enchanteur, la joie du roi Léodagan et de tous les assistants est telle qu'on en vit rarement de pareille.

Tous alors s'inclinent et rendent hommage et soumission au roi Arthur qui, quant à lui, pense surtout à Guenièvre.

Deux jours plus tard, le roi Léodagan demande à Merlin :

– Quand pourrons-nous célébrer le mariage du roi Arthur et de Guenièvre ?

Merlin répond :

– Hélas, il n'est pas possible d'y songer pour l'instant. Une autre tâche urgente attend le roi au pays de Logres. Les Saxons ont appris son absence, ils en ont profité pour envahir ses terres et commencent de les ravager, ainsi que celles de ses hommes liges. Nous ne pourrons donc nous attarder.

– C'est avec regret que je vous verrai tous partir, répond Léodagan, mais je comprends bien votre décision.

Il est décidé qu'Arthur et tous ses compagnons partiront le lendemain.

Au matin, Guenièvre, qui est fort triste de voir son fiancé partir si peu après leurs fiançailles, vient l'aider à s'armer. Elle lui ceint l'épée, elle s'agenouille devant lui pour lui chausser les éperons. Arthur voit de nouveau combien elle est belle et ne peut dissimuler son émotion. Merlin, qui sourit à la scène, dit :

– Sire, vous voilà de nouveau armé chevalier. Il ne manque qu'une chose pour que l'on puisse dire que vous avez été véritablement adoubé par une fille de roi.

– Et quelle est-elle ? demande Arthur.

– Sire, l'accolade.

À ces mots, Guenièvre dit :

– Si cela ne dépend que de moi, je ne me ferai certes pas prier. Vous plairait-il, messire, que je vous donne le baiser ? ajoute-t-elle en regardant Arthur.

Alors, dans la joie générale, on voit les deux jeunes gens s'étreindre et s'embrasser avec grande tendresse.

Arthur se couvre ensuite la tête d'un heaume auquel il attache grand prix car c'est Guenièvre qui le lui a donné. Il monte à cheval. Le moment est venu de partir.

Tous les chevaliers se mettent en marche, suivis des bêtes de somme qui portent les bagages.

10

Merlin rencontre Viviane

Au bout de quelque temps, Merlin se sépare de ses compagnons. Il va en Petite-Bretagne pour demander à tous de venir aider le roi Arthur à chasser les Saxons. Il rend visite à ceux qui étaient régents des royaumes de Ban de Bénoïc et de Bohor de Gannes. Partout l'envoyé du roi Arthur est bien reçu et bien accueilli. L'aide et l'assistance demandées lui sont promises.

Lorsqu'il s'est bien acquitté de cette mission et qu'il a donné à tous les directives pour rejoindre les compagnons d'Arthur, l'enchanteur se rend dans la forêt de Brocéliande. Alors qu'il chevauche et admire ces bois légendaires, qu'il se complaît à la vue des biches, des cerfs et des daims, il arrive près d'une fontaine. Une toute jeune fille est assise près de l'eau claire et pure. Dès qu'il la voit, Merlin la salue avec grande amabilité. Avec grâce et élégance, elle répond à son salut.

– Gente demoiselle, qui êtes-vous ? demande l'enchanteur.

– Je suis fille de ce pays, répond la jeune fille. Mon père est le vavasseur qui habite le château près d'ici. Mon nom est Viviane. Et vous, messire, me direz-vous qui vous êtes ?

– Je suis un jeune homme à la recherche du merveilleux maître qui a su si bien m'enseigner tant de choses.

– Et que vous a-t-il donc appris de si merveilleux ?

– Maintes choses que l'on a peine à imaginer, comme transporter un château d'un lieu à un autre, marcher sur l'eau sans enfoncer ni même se mouiller, faire naître une source claire et fraîche dans l'endroit le plus chaud et le plus désertique... et de nombreux autres tours tout aussi fabuleux.

– Tout cela est admirable, reprend la jeune fille. Que j'aimerais connaître de semblables enchantements. Ne voudriez-vous point m'en apprendre quelques-uns ? En échange d'une telle connaissance, je vous ferai don de mon amitié la plus vive.

– Vous me paraissez si douce et si aimable, répond Merlin, que je serais prêt, gente demoiselle, à répondre à votre demande, pourvu que vous me promettiez votre amour.

Viviane se rend bien compte que Merlin lui demande plus que de l'amitié.

– Je promets de vous aimer, dit-elle.

Merlin prend alors une baguette. D'une main, il dessine un cercle. La jeune fille le regarde, attentive.

Au bout de quelques instants, on voit sortir de la forêt une foule de dames, de chevaliers, de demoiselles, d'écuyers, comme si la forêt avait été habitée. Tous se tiennent par la main, ils chantent et dansent avec une grâce délicate. Viviane goûte la musique et le spectacle qui se tient aux limites du cercle tracé par Merlin. Apparaît alors un splendide château entouré d'un magnifique jardin tout empli de fleurs à la senteur exquise. Tout est féerique et pourtant semble naturel, on a l'impression que ce décor a toujours existé à cet endroit.

Viviane est fascinée. Elle regarde sans mot dire, mais on sent bien qu'elle est contente et Merlin est ému de la joie de la jeune fille qui est assise près de lui.

La fête dure longtemps. Elle se prolonge tant

que le désire Merlin, puis il la fait disparaître subitement, d'un simple geste.

– Comment avez-vous trouvé cet enchantement ? demande Merlin.

– Merveilleux, j'y ai pris grand plaisir, répond la jeune fille.

– Tiendrez-vous votre promesse et m'aimerez-vous ?

– Sans doute, messire, mais, de grâce, apprenez-moi d'autres jeux.

Et Merlin lui révèle comment faire naître une rivière où on le souhaite et d'autres tours et enchantements encore.

Joyeuse, Viviane écoute et retient.

– J'aimerais, bel ami doux, que vous m'appreniez, puisque vous savez tant de choses, comment, par exemple, faire dormir un homme aussi longtemps que je le voudrais.

Merlin devine sa pensée mais Viviane ignore qu'il possède aussi ce don, aussi croit-elle sa question sincère.

– Pourquoi voudriez-vous connaître un tel secret ? À quoi vous servirait-il ?

– Pour que je puisse endormir mon père quand vous venez me voir, répond Viviane, pleine de malice.

Merlin sait qu'elle ne dit pas vrai. Il hésite, mais il est si sensible au charme de la jeune fille qu'il lui enseigne ce qu'elle lui demande.

Avec une grande ruse, Viviane obtient de nombreux secrets. Au bout d'une semaine, Merlin lui dit :

– Il me faut vous quitter maintenant, gente amie.

– Me promettez-vous de revenir bientôt et de m'enseigner d'autres enchantements ?

– Je vous le promets.

Merlin la quitte alors, avec tristesse. Il reprend le chemin du royaume de Logres, où il sait que le roi Arthur a besoin de lui.

11

Les neveux d'Arthur

Le roi Nantre de Garlot avait épousé une des filles du duc de Tintagel et de la duchesse Ygerne : Blasine. Un fils leur était né qu'ils avaient appelé Galessin.

Un jour, le jeune homme demande à sa mère :

– Dame, le roi Arthur qui est si vaillant et si bon chevalier n'est-il point votre frère ?

– Vous dites vrai, beau doux fils ; notre mère à tous deux était la duchesse Ygerne.

Et Blasine conte à Galessin l'aventure du perron et de l'épée merveilleuse, et comment le roi Nantre avait été vaincu avec d'autres rois vassaux qui n'avaient pas voulu reconnaître Arthur comme légitime suzerain. Alors le jeune homme s'écrie :

– Mon père a eu tort d'agir comme il l'a fait ; ce fut grande folie à lui de se révolter contre un roi ainsi désigné. Je veux que ce soit le roi Arthur qui m'arme chevalier et nul autre. Puis je lui jurerai fidélité et, s'il accepte, le servirai jusqu'à ma mort.

À l'insu de son père, Galessin envoie un messager à son cousin Gauvain pour lui annoncer son intention. Il lui donne rendez-vous dans la forêt de Brocéliande.

Le roi Lot d'Orcanie, un autre des vassaux rebelles, avait aussi épousé une fille du duc de Tintagel et d'Ygerne, et ils avaient quatre fils : Gauvain, Agravain, Guerrehès et Gahériet.

Un jour, sa mère dit à Gauvain, en soupirant :

– Beau fils, lorsque je vois, vos frères et vous, passer votre temps à chasser, je songe avec regret que vous pourriez déjà être chevaliers en la cour du roi Arthur. Votre père et d'autres barons ont, par orgueil, refusé de le reconnaître comme leur seigneur et ils voient maintenant leurs terres envahies par les Saxons.

– Dame, dit Gauvain, par la foi que je vous dois, je n'aurai de repos en mon cœur avant que le roi Arthur m'ait fait chevalier.

À ce moment, les frères de Gauvain, de retour

de la chasse, entrent dans la pièce. Il leur explique la raison de la tristesse de leur mère et la décision qu'il a prise.

Les quatre frères conviennent de partir dans quelques jours.

En grand secret, leur mère fait préparer des armes et des chevaux.

C'est alors qu'arrive le messager de Galessin.

Gauvain, Agravain, Guerrehès et Gahériet sont heureux de voir que leur cousin a eu le même désir qu'eux. Sans tarder, ils prennent le chemin de la forêt de Brocéliande.

Une fois réunis, sans que leurs pères le sachent, tous les cinq se mettent en route pour le royaume de Logres, en quête du roi Arthur.

En chemin, ils aperçoivent des colonnes de fumée et des nuages de poussière. Peu après, ils rencontrent des paysans qui s'enfuient, fort effrayés.

– Les Saxons nous ont attaqués, disent-ils. Ils ont fait de nombreux prisonniers qu'ils emmènent en les frappant violemment. Ils ont pris un riche butin qu'ils emportent sur des bêtes de somme. Leur convoi massacre et pille tout ce qui se trouve sur leur passage.

– Mais où est le roi Arthur ? demandent les

jeunes gens, étonnés qu'un si vaillant chevalier soit absent au moment du danger.

– Il est parti pour le royaume de Carmélide secourir le roi Léodagan, après avoir renforcé tous ses châteaux.

Les jeunes gens disent alors aux paysans :

– Nous sommes ses neveux, nous ne lui ferons pas défaut.

Puis ils s'écrient d'un même cœur :

– Aux armes !

Ils vont au-devant du convoi saxon, suivis de leurs gens et de nombreux paysans à qui ils avaient donné des armes.

Les Saxons sont surpris de la violence de la charge. Les jeunes gens font merveille et, rapidement, l'ennemi mis hors d'état de nuire s'enfuit.

Alors on délivre les captifs qui longuement remercient ceux qui les ont sauvés d'un triste sort.

Les jeunes gens ne s'attardent pas. Ils poursuivent leur route au-devant du roi Arthur. D'autres, tous nés de haut lignage, se joignent à eux, en chemin.

12

GAUVAIN EST ARMÉ CHEVALIER

Pendant tout ce temps, le roi Arthur et tous ses compagnons chevauchent en direction du royaume de Logres. Ils sont bien armés et avancent avec vigilance car ils sont arrivés dans une région infestée de Saxons. Ceux-ci ont profité de l'absence du roi et de ses vaillants chevaliers pour envahir le pays.

Un soir, au cours d'une halte, tandis qu'Arthur et les siens reposent à l'ombre, ils voient venir vers eux une troupe de jeunes gens : ce sont Gauvain, ses frères et leurs compagnons. Ils sont beaux et bien vêtus, ils ont l'air vaillant. Ils demandent :

– Où est le roi Arthur ?

– C'est le plus jeune d'entre nous, leur est-il répondu.

Aussitôt, ils vont s'agenouiller devant le roi. Gauvain, le plus grand, prend la parole :

– Sire, je viens vers vous avec mes frères et mon cousin. Vous êtes notre seigneur légitime à qui nous devons service et fidélité. Si vous acceptez notre demande, nous souhaiterions recevoir de vous l'ordre de la chevalerie afin de toujours vous bien servir loyalement et fidèlement.

Arthur écoute et interroge :

– Qui êtes-vous ?

– Je m'appelle Gauvain, je suis le fils du roi Lot d'Orcanie, voici mes frères : Agravain, Guerrehès et Gahériet ; notre cousin Galessin. Voici Yvain, Sagremor... Ils ne sont pas de notre lignage, ils nous ont rejoints en chemin avec la même volonté de vous servir.

Le roi leur fait à tous bel accueil et dit qu'il accepte leur requête.

– Accompagnez-nous jusqu'à Logres. Quant à vous, cher neveu, je vous fais connétable de notre hôtel.

Quelques jours plus tard, la troupe arrive enfin à Logres. Le soir même, Arthur envoie les jeunes gens veiller à l'église.

Le lendemain, le roi Arthur prend Escalibor et

la pend au côté gauche de Gauvain. Il lui chausse l'éperon droit tandis que le roi Ban de Bénoïc lui fixe le gauche. Enfin, il lui donne l'accolade.

Puis il fait chevaliers tous les autres jeunes gens qui sont venus avec Gauvain.

La joie est grande. La cérémonie terminée, un festin magnifique est offert à tous. L'envie d'organiser un tournoi est forte, mais Arthur ne permet pas qu'il y ait de joute :

– Le royaume a besoin aujourd'hui du bras de tous pour repousser les Saxons. Il ne conviendrait pas qu'il arrivât le moindre mal à l'un d'entre vous. Nous allons avoir un dur combat à mener. Chacun devra y donner le meilleur de lui-même.

13

La lutte contre les Saxons

Quelque temps plus tard, toutes les armées sont réunies. Tous ceux à qui Merlin avait demandé de l'aide, au nom du roi Arthur, sont venus. Les gens du roi Léodagan et ceux des rois Ban de Bénoïc et Bohor de Gannes, et aussi ceux d'autres princes de la Petite-Bretagne que Merlin avait visités sont là, ainsi qu'ils l'avaient promis. La troupe se met en marche vers Clarence qu'assiégeaient les Saxons en grand nombre. Toutes les lances hérissées font ressembler l'armée à une forêt où les arbres auraient des pointes d'acier en guise de feuilles. On arrive à proximité de la ville. Tous s'arrêtent et Merlin réunit les princes.

– Messires, leur dit-il, notre combat va être dur mais il est d'une importance capitale. Le jour et l'heure sont venus où l'avenir dépend de la victoire ou de la défaite. Il est grand besoin de défendre la terre de Logres, car tout le pays de Bretagne risque aujourd'hui d'être détruit. Si nous voulons éviter de voir ce royaume anéanti, la paix entre le roi et vous doit être franche et entière.

Parmi les barons qui s'étaient autrefois révoltés contre Arthur, certains n'aiment guère les dernières paroles de l'enchanteur. Ils viennent tous, cependant, s'incliner avec respect devant Arthur, ils lui rendent hommage et lui promettent fidélité. Ils ont trop envie de voir les Saxons chassés de tout le pays.

La bataille ne commence que le lendemain. Les enseignes volettent sous la caresse de la brise et les armures étincellent au soleil. Les couleurs des écus brillent. Merlin, qui ouvre la marche, voit les Saxons ; aussitôt, il crie :

– Maintenant paraîtra preux celui qui le sera. L'heure est venue, messires, de témoigner de toutes les prouesses dont vous êtes capables.

Sans plus attendre, les chevaliers se lancent à l'assaut. La merveilleuse et farouche bataille est engagée. Chacun se rend compte de l'importance de son action et cherche à se surpasser.

De très loin, on peut entendre les coups de lances, les heurts des boucliers, le martèlement violent des masses et des épées. L'air est si empli de poussière que le soleil semble perdre une partie de sa clarté.

Les assiégés de Clarence voient les enseignes amies. Ils reprennent courage et sortent de la ville. Ils se mêlent à la bataille où ils font, eux aussi, de merveilleuses prouesses. L'ennemi est pris entre deux feux.

Gauvain se conduit avec grande bravoure. Il franchit les lignes ennemies et, quand il frappe de son épée, on dirait que c'est la foudre qui s'abat. À son exemple, ses frères font montre d'une belle vaillance. Les Saxons sont plus nombreux et mieux armés. Arthur témoigne du même courage que celui dont il a fait preuve en Carmélide. Ses nouveaux vassaux voient bien qu'il mérite pleinement le renom qui est le sien.

Grâce à leur agilité et à leur acharnement, les Chrétiens parviennent à faire reculer les envahisseurs. À la fin, ils triomphent. La plupart des rois ennemis sont tués. Du plus vite qu'ils peuvent, les autres s'enfuient. À toute allure, ils rejoignent leurs embarcations, lèvent l'ancre, hissent les voiles et s'en vont au gré des vagues et du vent.

14

LA DISPUTE ENTRE KEU ET LES DEUX FRÈRES

À la fin du combat qui a été rude et farouche, Sagremor se sent envahi d'une très forte chaleur. Pour se rafraîchir, il se défait de son heaume. La fraîcheur le saisit si brusquement qu'il est sur le point de se trouver mal.

Il demande à Yvain, le chevalier qui se tient près de lui, de le soutenir :

– Voulez-vous m'aider à m'allonger ; cela m'arrive parfois lorsque je suis à jeun. Dès que j'aurai un peu mangé et bu, cela passera.

Gauvain a entendu ces paroles. Aussitôt, il s'approche et aide le chevalier soutenu par Yvain à s'étendre. Merlin lui offre du vin chaud.

Après l'avoir bu, Sagremor s'assoupit.

Les autres chevaliers passent à table. Entre

eux, ils discutent de l'incident. Alors, Keu, le sénéchal qui aime souvent railler et se moquer, s'écrie :

– On pourrait surnommer notre compagnon : Sagremor mort de jeûne.

Gauvain lui lance un regard noir et d'un air désapprobateur dit :

– Taisez-vous, Keu. Cessez de dire vos folies. Il est peu de chevaliers au cœur aussi noble que Sagremor. Il est venu servir le roi Arthur avec grand courage. Il ne faut point railler sa maladie. Le roi ne doit pas supporter qu'en sa présence on se moque de notre compagnon. Sachez, enfin, que quiconque viendrait à le faire devant moi m'insulterait moi-même.

Keu répond :

– On en raille de plus vaillants que lui. Je ne me soucie pas de savoir si cela contrarie quelqu'un.

Gauvain veut se précipiter sur le sénéchal. Son voisin réussit à le retenir, mais Gahériet, mécontent d'avoir entendu la réponse que l'on vient de faire à son frère, se lève, va vers Keu et lui donne une gifle si retentissante que toute la salle en résonne ; Keu en tombe à terre, aux pieds de Gauvain.

– Vilain prétentieux, est-ce ainsi que l'on parle à plus noble que soi ? Si le roi et ces autres chevaliers n'étaient là, je vous jetterais par la fenêtre, s'exclame Gahériet.

Keu veut se précipiter sur celui-ci pour se venger. Merlin les sépare. De son côté, Gauvain cherche à calmer les esprits et demande à son frère de quitter la salle.

À ce moment, Sagremor s'éveille et rejoint la table. Il s'informe de ce qui est arrivé. Merlin le fait asseoir et parle d'autre chose afin de détourner son attention. Mais le roi Arthur dit :

– Je veux que mon frère Keu rende à Gahériet la gifle qu'il a reçue devant moi.

Gauvain, qui continue de tenter d'apaiser les uns et les autres, dit :

– Sire, je vous conseille d'attendre à demain. Tous deux feront alors la paix. Je vous demanderai seulement de dire à votre sénéchal de ne plus donner de surnoms moqueurs à meilleurs que lui et qui, en outre, viennent de loin pour vous aider à défendre vos terres.

– Que s'est-il donc passé ? demande Sagremor.

L'enchanteur lui raconte l'histoire. Le chevalier se contente d'en rire. Mais Arthur, irrité par son neveu, répète que le sénéchal doit rendre ce qu'il a reçu.

– Avant cela, il ne saurait y avoir de bonne paix, conclut-il.

Alors Gauvain, fort contrarié, s'écrie :

– Votre barbe passera du blond au gris et du gris au blanc avant que vous n'obteniez de mes frères ou de moi pareille humiliation.

Le jeune chevalier continue de s'emporter.

– Désormais nous reprenons l'hommage que nous vous avons fait, nous vous rendons tout ce que nous tenons de vous et quittons votre service. Tous ceux qui nous aiment suivront notre exemple. Et si votre désir est de jouter en compagnie de Keu, votre sénéchal, Gahériet et moi vous attendrons dans la plaine.

Sagremor se dresse alors et dit :

– Attendez-moi, messire Gauvain. Je veux toutefois dire à Keu que je ne lui en veux pas tant de ce qu'il a dit que de nous obliger à quitter la meilleure compagnie qui soit au monde.

Gauvain, ses trois frères et Sagremor sortent alors de la salle. Tous les chevaliers ont la mine soucieuse. Yvain et Galessin se concertent et décident, à leur tour, de ne pas rester.

Merlin s'approche du roi et le blâme :

– Vous avez eu tort, sire. Je connais le serment que vous avez fait à Antor de ne jamais laisser Keu dans une situation difficile. Mais, d'autre part, vous ne pouvez justifier qu'il dise de telles folies à de nobles chevaliers qui sont à votre service. Conseillez-lui d'aller s'excuser et, vous-même, intervenez pour que pardon lui soit accordé.

Arthur connaît la valeur des conseils de Merlin. Il se fie à la parole de l'enchanteur.

Keu va alors s'agenouiller devant Gauvain.

Ce dernier, aussi généreux que coléreux, pardonne au sénéchal.

Lorsque le roi Arthur demande à son neveu de rester auprès de lui, celui-ci court l'embrasser. Tout est alors oublié.

Une fois le calme et la gaieté revenus, Arthur partage entre tous les chevaliers de son armée le riche butin qu'il a conquis sur les Saxons. Il distribue de l'or, de l'argent et de magnifiques pierreries. Il nomme Galessin duc de Clarence. Une grande fête joyeuse est organisée qui dure plusieurs jours.

Après quoi, les hauts barons et les princes étrangers, qui étaient venus l'assister, le quittent et s'en repartent dans leurs fiefs.

15

Le mariage d'Arthur et de Guenièvre

Dès le lendemain, Arthur part pour la Carmélide. Il chevauche si bien qu'il y parvient rapidement. Il est escorté des rois Ban de Bénoïc et Bohor de Gannes et de tous ses gens.

Le jeune roi a grande hâte et grand désir de retrouver Guenièvre.

Le roi Léodagan vient à sa rencontre et les quatre rois font ensemble leur entrée dans Carohaise. Les rues sont richement décorées en l'honneur d'Arthur. Sans tarder, ils se rendent au palais où attend Guenièvre. Elle aussi est impatiente de retrouver son fiancé. Elle court vers lui et l'embrasse en lui souhaitant la bienvenue.

L'heure du repas approche. Pendant qu'il est servi, il est décidé que le mariage d'Arthur et de

Guenièvre aura lieu une semaine plus tard. Les jours qui restent sont consacrés aux multiples préparatifs de l'événement.

Le jour tant attendu arrive enfin. Le mariage doit être célébré en grand faste en présence des rois, de leurs vassaux et de tous les barons du royaume de Carmélide.

Tous les assistants sont réunis dans une grande salle décorée de maintes fleurs aux odeurs les plus délicieuses. Le soleil brille haut et éclaire chaudement la pièce.

Conduite par les rois Ban de Bénoïc et Bohor de Gannes, Guenièvre fait son entrée. Tous les témoins trouvent qu'elle est la femme la plus belle et la plus aimable qui soit. Son visage souriant et noble est découvert. Sa tête est ceinte d'un cercle d'or fin rehaussé de pierreries.

Après la cérémonie, tous reviennent au palais. Un magnifique festin est offert, et pendant plusieurs heures de nombreux ménestrels ravissent les invités par leurs chants, présentant un merveilleux spectacle.

Lorsque tous ont quitté la table, un grand tournoi est organisé. Chacun y rivalise de talent. Au cours de cette journée, il n'est personne qui ne se soit diverti et réjoui pleinement.

Le soir venu, Guenièvre est installée dans sa chambre par trois nobles demoiselles à son service. Elles quittent la reine quand Arthur vient la rejoindre, et les jeunes époux qui s'entr'aiment fort demeurent seuls.

Pendant toute une semaine, Arthur et ses compagnons séjournent à Carohaise où le roi Léodagan est heureux de les recevoir. Puis, ce temps écoulé, le roi Arthur demande à ses compagnons de se préparer à quitter ce lieu si hospitalier.

Alors les rois Ban de Bénoïc et Bohor de Gannes prennent congé du roi Arthur en lui disant :

– Sire, il nous faut repartir pour la Petite-Bretagne. Il y a longtemps que nous avons quitté nos terres.

Le roi ne peut faire autrement que de leur accorder ce droit. C'est à grand regret qu'il se sépare d'eux.

– Je ne peux m'opposer à votre volonté, mais sachez que vous êtes des compagnons tels que j'en retrouverai difficilement.

Merlin part en compagnie des deux rois en

direction de la Petite-Bretagne. Ensemble, ils franchissent la mer. Ils arrivent, après un voyage sans encombre, chez le roi Ban.

Toute la cité de Bénoïc leur réserve un accueil des plus enthousiastes. De grandes festivités sont organisées.

Au bout de quelques jours, Merlin prend congé. Il se rend dans la forêt de Brocéliande où il va retrouver son amie qui lui est si chère : Viviane.

16

Le château magique

Merlin ne s'attarde pas en chemin. Lorsqu'il arrive auprès de Viviane, la jeune fille lui réserve un si bel accueil qu'il sent son amour pour elle, déjà si fort, encore croître en lui.

Elle lui dit qu'elle l'attendait avec impatience, que sa venue n'a que trop tardé et mille autres douceurs comparables.

Merlin n'est là que depuis peu et déjà la jeune fille le prie avec tendresse :

— Mon bel ami, enseignez-moi donc d'autres secrets, montrez-moi encore vos pouvoirs merveilleux, cela me plaît tant et j'ai hâte de m'instruire dans ce domaine mystérieux.

Merlin songe avec tristesse que c'est là l'unique raison de l'envie qu'elle avait de le voir revenir.

– Douce amie, vous en savez maintenant presque autant que moi, que pourrais-je vous apprendre de plus qui vous ferait plaisir ?

– Je voudrais, par exemple, que vous me fassiez construire le plus beau castel qui ait jamais existé, le plus richement décoré et le plus somptueux qu'on ait jamais vu.

La jeune fille est si gracieuse, si souriante, elle parle si gentiment, elle charme tant Merlin que l'enchanteur ne sait résister davantage. Il exauce son désir.

En un instant, on voit des ouvriers à l'œuvre. Des maçons, des charpentiers s'activent et, très vite, s'élève le château le plus magnifique de toute la Petite-Bretagne.

Au fur et à mesure qu'il se construit, Viviane ne peut dissimuler son admiration et laisse apparaître son enthousiasme.

– Ce n'est pas tout, dit Merlin quand l'œuvre est achevée. Il faut que vous sachiez que personne ne peut voir votre château s'il n'est à votre service. Pour tous les autres, il est invisible. Aux yeux de ceux qui sont étrangers à votre maison, ce n'est ici qu'un lac. Si, par cupidité ou par traîtrise, un de vos gens venait à révéler ce secret, le château redeviendrait aussitôt invisible pour lui et, croyant y pénétrer, il se noierait en fait dans le lac.

– Bel ami, dit Viviane, la demeure est encore plus belle que je n'osais la souhaiter, elle est bien mystérieuse aussi. Il est bien vrai que jamais on ne vit ni n'entendit parler de castel aussi beau et aussi secret.

La joie de Viviane est si grande, son visage est si rayonnant que Merlin est profondément ému. Il ne peut s'empêcher longtemps de lui apprendre d'autres enchantements. Sans cesse, l'enchanteur répond aux questions de la jeune fille. Viviane note toutes les paroles de Merlin pour ne pas risquer de les oublier.

Un jour, du ton le plus enchanteur qu'elle peut prendre, Viviane demande :

– Bel ami, il y a une chose que je ne sais pas encore et que j'aimerais tant connaître.

– Quelle est-elle ? demande Merlin qui sait pourtant la question qui va lui être posée.

– Comment pourrais-je retenir prisonnier un homme, sans avoir besoin de cachot, de murs et de chaînes, de telle sorte qu'il reste à jamais mon captif et qu'il ne puisse s'échapper sans mon consentement ?

À ces mots, Merlin baisse la tête en soupirant car il devine le fond de sa pensée.

– Je sais bien qui vous voulez ainsi enfermer à jamais. C'est moi et c'est bien cruel à vous. Hélas, mon amour pour vous est si fort que je devrai bien un jour satisfaire votre désir et me plier à votre volonté.

Au lieu de se défendre de l'accusation, Viviane met ses bras autour du cou de Merlin et se fait câline pour dire :

– Pourquoi refuseriez-vous d'être tout à moi quand je suis toute à vous ? Pour être près de vous, n'ai-je pas quitté père et mère ? Je n'ai plus maintenant ni joie ni bien autres que vous. En vous sont tous mes espoirs de bonheur. Puisque je vous aime ainsi, n'est-ce pas naturel que vous fassiez mes volontés et que je fasse les vôtres ?

– Dame, dit Merlin, le moment n'est pas encore arrivé. Je vous enseignerai tout ce que vous me demandez à ma prochaine venue.

Et, tristement, Merlin s'en va.

17

Le chanteur aveugle

Pendant tout le temps que Merlin est resté auprès de Viviane, le roi Arthur est revenu à Logres avec la reine Guenièvre. Il fait annoncer dans tout le royaume qu'il tiendra bientôt une grande cour à Carduel et demande à chacun d'y venir avec sa femme et ses vassaux.

À la date fixée, les chevaliers arrivent. Chacun est accompagné de sa dame. Toutes ont revêtu leur plus belle robe pour la circonstance. C'est la première fois que la reine Guenièvre et le roi Arthur portent une couronne devant l'assemblée.

Après la messe, à la sortie de laquelle les cloches sonnent à toute volée, un grand repas est servi dans l'une des plus belles salles du palais. Les chevaliers se placent selon leur rang :

messire Gauvain, Keu le sénéchal, Yvain, Sagremor...

Keu, le sénéchal, présente les premiers plats au roi Arthur. On voit alors entrer dans la salle l'homme le mieux fait qu'on ait jamais rencontré. Ses cheveux blonds et ondulés sont coiffés d'une couronne semblable à celle d'un roi. La riche ceinture qu'il porte, décorée de pierres de grande valeur, illumine toute la pièce. Il tient une harpe magnifique en argent aux cordes d'or. Malheureusement, il est aveugle et un jeune chien, aussi blanc que la neige, guide ses pas. L'animal conduit son maître devant le roi et, là, l'homme, après avoir noblement salué, se met à chanter un lai breton. Sa voix est si mélodieuse que le sénéchal, qui porte les mets, interrompt son service et s'assied pour l'écouter. Chacun reste silencieux, en admiration devant la beauté du chant si bien interprété. Jamais on n'a entendu de voix plus exquise. Tous sont émerveillés, et le roi et la reine les premiers.

À la fin, le chanteur dit :

– Sire, mon chant a bien su vous agréer, ainsi qu'à toute la noble assemblée. M'en accorderez-vous un juste prix ?

– Certes, répond le roi, vous nous avez si bien ravis que vous aurez de moi tout ce que vous demanderez, pourvu que cela ne nuise ni à mon honneur ni à mon royaume.

– N'ayez crainte, sire, je ne porterai atteinte ni à l'un ni à l'autre. Je vous demande de m'accorder le privilège de porter votre bannière à la première bataille où vous combattrez.

Le roi est fort étonné de cette requête mais il ne veut pas avoir l'air de refuser ce qu'il a promis et craint de causer de la peine au chanteur en lui rappelant son triste sort.

– Je te l'accorderais bien volontiers, doux ami, finit par dire Arthur, mais tu n'as pas l'usage de la vue. Comment comptes-tu pouvoir nous mener à la victoire ?

– Dieu saura bien me conduire en dépit de ma cécité.

En entendant une réponse si subtile, le roi Arthur pense que c'est Merlin qui a pris, une nouvelle fois, d'autres traits que les siens. Il est sur le point de dire qu'il accepte la demande, pour montrer qu'il a bien reconnu l'enchanteur et lui souhaiter bon accueil après son absence, lorsqu'il s'aperçoit que le chanteur a disparu. Devant lui se tient un jeune garçon d'une dizaine d'années, les cheveux en désordre. Il porte une massue et réclame le privilège de porter la bannière royale.

Tout le monde comprend alors que c'est Merlin qui est revenu et s'amuse fort de cette nouvelle plaisanterie de l'enchanteur. C'est son grand plaisir de se métamorphoser et de se déguiser en vue de divertir les chevaliers pour lesquels il a de l'amitié.

Tous se réjouissent fort du retour parmi eux de ce merveilleux compagnon. Le repas auquel il se joint se poursuit dans la plus franche gaieté.

18

MERLIN FONDE L'ORDRE DE LA TABLE RONDE

Lorsque les tables sont desservies, Merlin se lève et prend la parole :

– Seigneurs, c'est d'une chose grave et sérieuse que j'ai à vous entretenir. Il faut que vous sachiez que le Graal, vase d'or dans lequel a été recueilli le sang du Christ quand Longin l'a percé de sa lance, a été transporté jusqu'en Bretagne. Il vous faut donc partir à sa recherche. Il ne pourra toutefois être trouvé que par le meilleur chevalier du monde. Je vais vous dire comment vous allez faire. Que chacun écoute avec grande attention !

Que le roi Arthur réunisse ses chevaliers autour d'une table. Elle sera ronde pour que l'on voie bien qu'il n'y a pas de place d'honneur. Tous ceux qui devront y prendre place auront en effet le même rang. Le siège à la droite du roi devra rester vide, personne ne devra jamais s'y asseoir sous peine de connaître un sort terrible, hormis le meilleur chevalier du monde, celui qui fera la conquête du Graal et en connaîtra la signification et la vérité.

Tous ont écouté Merlin avec gravité. Le roi Arthur dit :

– Il en sera fait comme vous avez dit.

Avant même qu'il finisse de prononcer ces paroles paraît subitement, en plein milieu de la salle où sont réunis les chevaliers, une table ronde. Elle est entourée de cent cinquante sièges de bois. La plupart d'entre eux portent une inscription en lettres d'or, « Ici doit s'asseoir... », suivie du nom d'un chevalier. Le siège à la droite du roi ne porte, bien entendu, aucune mention.

Alors le roi et les chevaliers qui sont désignés vont s'asseoir à la place qui leur est indiquée. Parmi eux, on remarque Gauvain, ses frères et les chevaliers qui avaient courageusement défendu le royaume contre les Saxons durant l'absence du roi.

Une fois qu'ils sont tous installés et silencieux, Merlin prend de nouveau la parole :

– Nobles seigneurs, si vous rencontrez un bon chevalier, conduisez-le à cette cour et, s'il prouve son courage, sa vaillance et sa noblesse, recevez-le parmi vous, car il est dit que le nombre des chevaliers de la Table ronde s'élèvera à cent cinquante avant que la quête du Graal puisse être entreprise. Mais faites bien attention et soyez fort vigilants car un seul mauvais homme détruirait toute l'assemblée, et veillez aussi surtout à ce que personne ne s'asseye sur le « siège périlleux », c'est ainsi que l'on désigne la place à la droite du roi.

Gauvain consulte ses compagnons. Au bout de quelques instants, il prend la parole :

– De par les chevaliers de la Table ronde, je fais le serment que jamais une dame ou une jeune fille ne viendra chercher secours en cette cour que nous ne lui apportions aussitôt toute l'assistance que nous pourrons. Jamais non plus un homme ne viendra nous demander de l'aide pour une cause juste sans l'obtenir. Enfin, si l'un de nous venait à disparaître, tour à tour ses compagnons se mettraient à sa recherche pendant au moins un an et un jour.

Tous, solennellement, jurent de tenir le serment qu'a fait Gauvain en leur nom.

La reine dit alors :

– Si mon seigneur, le roi, y consent, je voudrais que quatre clercs demeurent ici en permanence et consacrent leur temps à écrire les aventures qui ne manqueront pas d'arriver aux chevaliers de la Table ronde. Ainsi vos prouesses ne seront jamais oubliées et leur souvenir se perpétuera, associé au nom que vous portez, dans les siècles à venir.

– Dame, dit Arthur à Guenièvre, j'accepte volontiers votre demande.

Lorsque toutes les dames et tous les chevaliers qui sont présents dans la salle entendent ces serments et ces promesses, ils sont emplis d'une grande joie car ils pressentent bien qu'il en arrivera de grandes et belles choses pour le royaume de Logres.

19

Le roi Rion

Le lendemain de ce grand jour, un messager se présente au palais.

Il vient de la part d'un roi étranger et demande à parler immédiatement au roi Arthur.

On l'amène dans la salle où sont rassemblés tous les chevaliers et on le conduit devant le roi.

Le messager prend alors la parole :

– Roi Arthur, je ne te salue pas car telle est la volonté de mon maître qui m'envoie à toi. Il m'a seulement ordonné de te transmettre ce message. Si tu refuses de te plier à ses ordres, tu devras fuir ton royaume et vivre pauvrement en exil loin de tes terres.

Tous sont fort étonnés d'entendre de tels propos.

Le roi Arthur reste calme, il ne perd pas son sang-froid. D'un ton tranquille, il dit :

– Donne-nous le contenu de ton message, nous aviserons ensuite. Sache toutefois que, quels qu'en soient les termes, il ne te sera fait aucun mal. Tu es considéré comme un émissaire et tu n'es pas responsable des intentions de ton suzerain.

Le messager reprend la parole :

– Mon seigneur, par qui je suis envoyé, est le roi Rion. Il est le roi des îles, il domine toute la terre d'Occident. De nombreux rois sont déjà ses hommes liges. Il est parvenu à les soumettre par la force de son épée. Il veut que tu te présentes devant lui, que tu lui rendes hommage et fasses serment de soumission. Voici les lettres qu'il t'adresse.

Dans la salle règne un grand silence. Le roi Arthur ne dit mot. Il prend les lettres des mains de l'envoyé du roi Rion, les ouvre et en fait faire la lecture à haute voix.

« Moi, roi Rion, seigneur de toutes les îles et de toute la terre d'Occident, fais savoir à tous ceux qui auront connaissance de ces lettres que j'ai soumis de nombreux rois. En marque de ma victoire, je me suis fait coudre un manteau que j'ai fourré de leurs barbes. Toutefois il y manque les franges. Comme j'ai appris les prouesses et les exploits du roi Arthur de Bretagne, je lui demande de venir se présenter devant moi, de me rendre hommage et de me promettre fidélité. Quand il sera ainsi devenu mon homme lige, il me donnera sa barbe pour que j'en fasse la frange de mon manteau car je ne saurais porter celui-ci avant qu'il en ait une.

Au cas où le roi Arthur refuserait mon commandement, il devrait partir pour l'exil. S'il ne le faisait, je viendrais avec toute ma puissante armée et il adviendrait de grands malheurs à ses terres. Ma conquête achevée, je lui ferai arracher la barbe du menton pour franger mon vêtement ainsi que je l'ai dit. »

Le roi Arthur ne peut s'empêcher de rire de telles prétentions. Avec grand calme, il dit alors à l'envoyé :

– Réponds à ton maître qu'il n'aura jamais ma barbe et que pas davantage je ne serai son homme lige. Je refuse de me plier à la moindre de ses volontés et je ne le crains pas. Maintenant tu peux aller.

Sans saluer, le messager sort de la salle et s'en repart vers le domaine du roi Rion.

Quelque temps après, le roi Arthur est obligé de s'en aller attaquer le roi Rion qui devenait très menaçant pour les terres du royaume de Logres. Tous ses barons l'accompagnent. Grâce au courage de tous les chevaliers de la Table ronde et à l'aide de Merlin, les ennemis sont vite mis en pièces et le roi Arthur tue lui-même le roi Rion en loyal combat.

La lutte finie, le roi Arthur donne congé à tous les barons et revient à Logres.

20

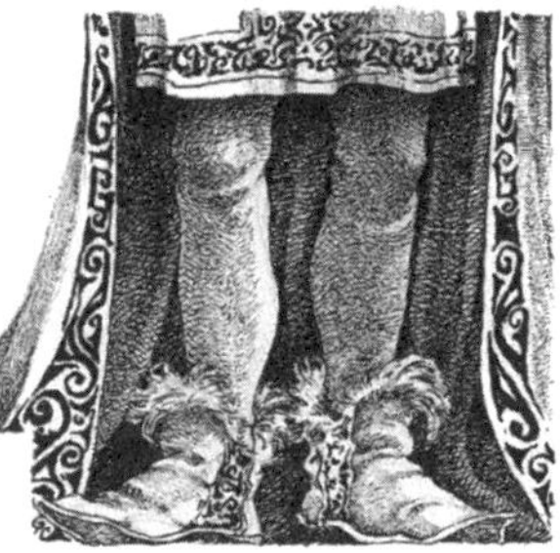

La demoiselle et le chevalier nain

Le roi est donc en son domaine de Logres avec ses chevaliers lorsqu'un jour une demoiselle d'une grande beauté se présente devant lui.

Elle est gracieuse, elle a le teint clair et porte avec élégance des vêtements de riche étoffe. Elle tient dans ses bras, comme une mère son bébé, un nain, le plus difforme qui se soit rencontré.

Il a de gros sourcils roux, des cheveux noirs et une barbe rouge qui lui tombe jusqu'aux pieds. Il a la tête dans les épaules, est tout bossu, devant et derrière. Ses mains épaisses sont terminées par de gros doigts courts.

La jeune fille s'adresse à Arthur :

– Sire, je viens d'un lointain pays pour vous demander un don.

– Demoiselle, demandez ce qu'il vous plaira, je vous l'accorderai bien volontiers pourvu que cela n'aille ni contre mon honneur ni contre mon royaume.

– Sire, je vous prie de bien vouloir armer chevalier ce jeune homme, mon ami, que je tiens dans mes bras. Il est noble, courageux et vaillant, et il aurait déjà été adoubé par le roi Pellès de Listenois s'il n'avait juré de ne l'être que par vous.

En entendant cela, tout le monde se met à rire. Keu, le sénéchal qui est facilement railleur et aime se moquer, dit :

– Gardez-le bien dans vos bras de peur qu'une demoiselle de Madame la Reine ne vous l'enlève.

Au même instant, l'attention de l'assistance est attirée par l'entrée dans la cour du palais de deux écuyers montés sur de bons chevaux. Ils sont richement harnachés. Une bête de somme les suit, chargée de coffres somptueux. Les écuyers les ouvrent et en tirent un minuscule haubert, un tout petit heaume d'argent et deux petits éperons d'or. Ils les présentent à la demoiselle.

Keu les prend et fait mine, comme pour jouer, d'en chausser le nain.

Promptement, la demoiselle l'arrête et dit :

– Nul ne touchera mon ami hormis le roi

Arthur, car nul n'est digne de porter la main sur un homme de son rang, si ce n'est un roi.

Arthur chausse alors l'un des éperons au pied droit du nain. La demoiselle lui passe l'autre. Le roi le vêt du haubert, lui ceint l'épée, lui donne l'accolade en disant selon le rite :

– Dieu te fasse chevalier !

La demoiselle demande alors au nain d'être son chevalier, ce qu'il accepte sous le regard bienveillant du roi.

Le nain enfourche alors un petit destrier et tous deux, suivis de leurs écuyers, s'en vont par la forêt aventureuse.

21

Le géant du mont

Peu de temps après, le roi Arthur se rend à Camaaloth.

À peine arrivé, il apprend qu'un horrible géant ravage le pays de la Petite-Bretagne. Le monstre dévaste et désole toute la région alentour de son domaine ; son repaire est situé sur une montagne entourée de mer qu'on appelle maintenant le Mont-Saint-Michel. Il est si redoutable qu'il oblige les gens à fuir leur village et à se réfugier dans.les bois où ils vivent comme des bêtes sauvages.

Lorsque le roi a connaissance de cette situation, il dit à Keu, son sénéchal, et à un chevalier qui a nom Bédoyer :

– Préparez-vous à m'accompagner, nous devons mettre ce monstre hors d'état de nuire.

Tous les trois partent en secret. Ils prennent la mer et accostent sur un rocher proche du mont.

Ils trouvent là une vieille femme en larmes. Elle est assise sur une tombe fraîchement creusée.

Lorsqu'elle remarque la présence d'Arthur et de ses compagnons, elle leur dit :

– Ah ! nobles chevaliers, que venez-vous faire ici ? Si le géant qui nous cause tant de misères vous découvre, il n'aura nulle pitié de vous. Aussi, je vous en prie, fuyez avant qu'il ne soit trop tard.

– Femme, répond Arthur, sèche tes pleurs et ne t'inquiète pas pour nous. Ton maudit géant ne nous fait pas peur. Dis-nous plutôt qui tu es et qui gît en cette tombe.

– C'est ici qu'est enterrée depuis peu Élaine, fille de Lionel de Nantoël ; je suis sa nourrice et je l'aimais comme ma propre fille. Le géant nous a enlevées. Il voulait emporter cette chère enfant dans son repaire où elle aurait connu maints supplices. Mais elle était si jeune et si tendre qu'elle fut saisie d'horreur à sa vue. Alors il a abandonné son corps sans vie et je suis là, pleurant mon désespoir, sans nulle raison de vivre. Mais, je vous en conjure de nouveau, fuyez vite. Le géant est sur le mont où vous voyez un grand bûcher. S'il vient, c'en est fait de vous.

Le roi Arthur et ses deux compagnons ont écouté les propos de la vieille femme avec une grande émotion. Ils sont tristes pour la fille de Lionel. Loin de tenir compte des conseils de la nourrice, ils décident de se rendre au repaire du monstre. « Il n'a que trop méfait, pensent-ils, mieux vaut ne pas même attendre sa venue. »

Ils remontent dans leur bateau et, sans tarder, arrivent au mont où le monstre se croit en sécurité. Ils voient, tout au sommet, le géant assis devant la flamme. De la viande embrochée à un grand épieu est en train de rôtir, mais le monstre la dévore sans même attendre qu'elle soit cuite.

Arthur, Keu et Bédoyer approchent. Ils sont sur leurs gardes. Le géant les voit. Il fait semblant de ne pas s'être aperçu de leur présence car il compte les prendre par traîtrise et félonie. Il laisse les chevaliers s'approcher, puis, d'un coup, il s'empare d'un tronc de chêne qui lui sert de massue et il se précipite sur le roi pour lui en assener un coup qui l'aurait réduit en fumée.

Heureusement, Arthur est prodigieusement rapide et alerte. Avec vivacité, il saute de côté et parvient à esquiver le choc. Il réussit ensuite à frapper le géant d'un coup d'épée, exactement entre les deux yeux. Le sang qui gicle aussitôt aveugle le monstre. Il est alors obligé de jeter sa massue qui lui est devenue inutile. Il avance en tâtonnant, cherchant à saisir son adversaire qu'il aperçoit comme une ombre lorsqu'il passe sa main sur son front pour essuyer le sang qui lui coule dans les yeux.

Le roi Arthur se défend vaillamment. Hélas, ses coups d'épée sont inefficaces car le géant est recouvert d'une armure en peau de serpent magique, et rien ne parvient à l'entamer. Le roi est en mauvaise posture. Keu et Bédoyer ne peuvent venir à son secours.

Le monstre finit par le saisir et il le serre avec une telle force qu'il est sur le point de lui briser le dos. La douleur est si grande qu'Arthur est contraint de lâcher son épée. Le géant se baisse pour la ramasser. Le roi en profite pour lui donner, malgré sa douleur, le plus violent coup de genou dans le ventre qu'il peut lancer. L'adversaire est surpris et il suffoque de douleur. Aussitôt, le roi en profite pour se dégager ; sans perdre son sang-froid, il se précipite sur son arme restée à terre. Il court de nouveau vers le géant, soulève sa cuirasse et lui perce le cœur. Le monstre expire. Arthur lui coupe la tête.

« Ainsi, pense-t-il, tous ceux qui l'ont craint pourront voir qu'il est bien mort. »

Après avoir accompli cet exploit, le roi et ses compagnons trouvent inutile de s'attarder plus longtemps. Ils reprennent la mer et, parvenus au rivage, ils s'empressent de regagner Camaaloth. Ils trouvent tous les barons effrayés de leur absence.

– Sire, et vous Keu, et vous Bédoyer, où donc étiez-vous passés ?

Avant qu'Arthur ait eu le temps de répondre, les barons voient l'horrible tête pendue par les cheveux à la selle de Bédoyer. Jamais personne n'en a vu de si grosse et de si affreuse. Alors chacun comprend ce qu'étaient partis faire Arthur et les deux chevaliers qui l'avaient accompagné. On le loue fort de sa bravoure et tout le peuple de la région le remercie de cette délivrance.

Depuis ce temps-là, on appelle le rocher voisin du Mont-Saint-Michel, celui où est enterrée la fille de Lionel de Nantoël, la Tombe Élaine.

22

Le départ de Merlin

Peu de temps après cette aventure, Merlin vient trouver le roi et la reine et il leur annonce :

– Le jour est venu où je dois vous quitter.

Arthur et Guenièvre, qui aiment tendrement l'enchanteur, regrettent fort cette séparation et ils lui demandent de revenir bientôt auprès d'eux.

– Bel ami Merlin, dit le roi, vous vous en allez. Je ne veux pas vous retenir contre votre désir mais je serai triste jusqu'à votre retour. Hâtez-vous donc, s'il vous plaît, de reprendre place parmi nous.

– Sire, répond Merlin en pleurant, hélas, c'est la dernière fois que je prends place en cette assemblée.

En entendant ces mots, le roi croit qu'il a mal compris et ne montre aucune surprise.

Pourtant, les jours et les semaines passent, et l'enchanteur ne revient pas. Tous s'étonnent d'une aussi longue et inhabituelle absence.

Alors le roi Arthur se rappelle les paroles que l'enchanteur avait prononcées juste avant de partir et auxquelles il n'avait pas pris garde. Il demeure longtemps pensif et morne.

À la fin, messire Gauvain l'interroge sur la raison de cette tristesse.

– Beau neveu, lui répond le roi, je pense que j'ai perdu Merlin, et je me dis qu'il vaudrait mieux que j'aie perdu la cité de Logres.

– Sire, je vous jure que je le chercherai, ainsi que j'en ai fait le serment, pendant un an et un jour.

En même temps que Gauvain, de nombreux chevaliers prêtent serment, notamment ses trois frères, Agravain, Guerrehès et Gahériet, ainsi qu'Yvain, Sagremor...

Tous quittent Camaaloth le même jour. Bientôt, ils se séparent et prennent des chemins différents, après s'être fait de francs adieux. Chacun s'en va à l'aventure en quête de Merlin.

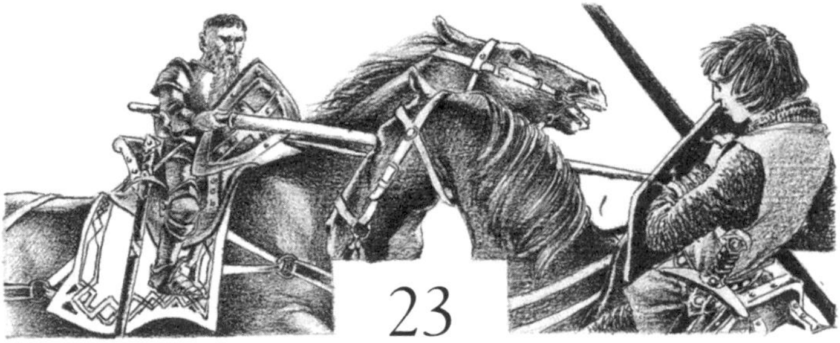

23

Le chevalier et le nain

Un jour que le nain, qui a été armé chevalier par le roi Arthur, et son amie chevauchent dans une grande lande, ils voient un chevalier qui, du plus loin qu'il les aperçoit, s'écrie :

– Soyez la bienvenue, mademoiselle, vous êtes celle que je cherche depuis toujours.

– Messire, répond le nain, ne soyez pas si pressé, cette demoiselle n'est pas encore en votre pouvoir.

– Je l'aime fort et je l'aurai bientôt, poursuit le chevalier en s'approchant à vive allure.

Voyant cela, le nain sort sa lance, se cache derrière son bouclier et pique des deux vers son adversaire en se mettant en garde.

– Il ne plairait pas à Dieu que je combatte contre un tel avorton, dit le chevalier.

Il ne croise pas sa lance, se contentant de se protéger de son écu. Le coup du nain le heurte avec une telle violence qu'il est désarçonné et qu'il se fait très mal en tombant.

Le nain demande alors à la demoiselle de le mettre à terre.

La jeune fille le prend dans ses bras et le dépose au sol comme elle aurait fait avec un enfant. Le nain court au blessé, lui défait son heaume et le menace de lui couper le cou.

– Je demande merci, crie le chevalier.

– J'accepte de te faire grâce, dit le nain, à condition que tu te rendes auprès du roi Arthur et que tu te constitues prisonnier en lui disant ce qui t'est arrivé. Tu préciseras bien que c'est l'œuvre du petit chevalier qu'il adouba.

Le chevalier jure de faire ce qui lui est ordonné. Avec l'aide de la demoiselle, le nain remonte en selle et tous deux s'en vont.

C'est ainsi que le roi Arthur et la reine Guenièvre voient arriver, quelques jours plus tard, un chevalier blessé, couché dans une belle litière.

– Sire, je veux me mettre en votre pouvoir pour accomplir la promesse que j'ai faite à la plus ridicule créature du monde après sa victoire sur moi.

– Relatez-moi, messire, votre aventure, demande Arthur.

– Sire, j'aimais avec passion la belle Bianne, fille du roi Clamedieu. Je l'aurais volontiers épousée, mais ni par mes prières, ni par mon amour, ni par mes prouesses, je n'ai pu conquérir son cœur. L'autre jour, je l'ai rencontrée en compagnie d'un nain grotesque qui est son ami. J'ai voulu alors la prier d'amour mais son minuscule compagnon m'a menacé et attaqué. En raison de sa taille, je n'ai pas voulu utiliser ma lance contre lui, par souci de chevalerie, mais il m'a jeté à terre et blessé. J'ai été surpris par la force et la rapidité du coup. Il m'a laissé la vie sauve à condition que je vienne à vous en prisonnier et que je vous fasse un récit fidèle. J'ai tenu ma parole. Je m'en remets à vous.

– Bel ami, votre prison sera douce. Je vous libérerai si vous me dites qui est ce nain que j'ai armé chevalier.

– Sire, c'est le fils du roi Brangore d'Estrangore, qui est puissant et loyal seigneur.

– Je m'étonne qu'un tel homme ait pour fils un tel monstre.

– Ce nain n'a pas toujours été ainsi. C'était un très beau jeune homme. Mais une demoiselle, dont il ne voulait pas être l'ami, lui a, par dépit, jeté un sort. Il est alors devenu tel que vous l'avez vu.

– Vous êtes libre, dit le roi, vous avez tenu votre parole et accompli les termes de votre serment. Je vous souhaite prompte et complète guérison.

– Grand merci, sire, que Dieu vous garde.

24

Mésaventure de Gauvain

Après s'être séparé de ses compagnons, messire Gauvain erre longtemps, sur les terres du royaume de Logres, à la recherche de Merlin. Il chevauche tristement, voyant les jours passer, les semaines et les mois s'écouler. Ne trouvant nulle trace de l'enchanteur, il commence à désespérer.

Un jour, il rencontre une très jolie demoiselle montée sur le plus beau palefroi du monde. Il est noir, harnaché d'une selle blanche aux étriers dorés. La jeune fille a la tête voilée de lin et de soie pour se protéger du soleil.

Gauvain, perdu dans ses pensées, ne fait pas attention à elle. Après qu'elle a croisé le chevalier, la demoiselle fait tourner son cheval et s'adresse en ces termes au neveu du roi Arthur :

– Gauvain, on assure en tous lieux que tu es le meilleur chevalier du monde et c'est la vérité, mais on dit aussi que tu es le plus aimable, et cela n'est que mensonge. Alors que tu me rencontres, seule en cette forêt, loin de tous, tu n'as même pas la politesse et l'honnêteté de me saluer et de m'adresser la parole, ainsi qu'il aurait convenu.

– Demoiselle, dit Gauvain, dont grande est la confusion, je vous en supplie, pardonnez-moi. De graves préoccupations détournent mon attention.

– Soit, je veux bien te pardonner, reprend la jeune fille, mais il convient que tu paies ton attitude discourtoise envers moi. Pour que tu te souviennes qu'il faut saluer les dames que tu rencontres, je te souhaite de ressembler au premier homme que tu verras.

Ayant dit ces mots, la jeune fille reprend sa route.

Gauvain n'a pas chevauché depuis une heure qu'il croise le chevalier nain et son amie. Il voit la jeune fille et, aussitôt, il se rappelle la leçon qu'il vient de s'attirer. Il s'empresse de lui adresser un aimable salut.

– Que Dieu vous donne joie et à votre compagnie !

– Que Dieu vous donne bonne aventure ! répondent ensemble le nain et la demoiselle.

À peine ont-ils dépassé la hauteur de Gauvain que le nain retrouve sa forme première.

Il redevient un jeune homme d'une vingtaine d'années, droit, grand, aux épaules larges et à la barbe blonde et bouclée. Il lui faut retirer toutes ses armes qui ne sont plus à sa taille. Quand elle voit ainsi son ami recouvrer sa beauté, la demoiselle se jette à son cou et lui fait plus de cent baisers, tant grande est sa joie.

Ils continuent tous deux leur chemin en grande allégresse et se réjouissent en bénissant le chevalier qui vient de leur porter bonheur.

Cependant, de son côté, messire Gauvain sent vite les manches de son haubert lui descendre au-delà des mains et les pans lui couvrir les chevilles. Ses deux pieds ne peuvent plus atteindre les étriers et son bouclier s'élève maintenant devant son visage. Il se rend compte qu'il lui arrive une bien fâcheuse mésaventure : il est devenu nain.

Il est si peiné que peu s'en faut qu'il ne meure de chagrin.

À la lisière de la forêt, il s'approche d'un rocher. Il raccourcit du mieux qu'il peut ses étriers, relève les manches et les pans de sa cotte de mailles. Il s'accommode du mieux qu'il est possible, puis il reprend sa route, inquiet de la façon dont il pourra accomplir son serment.

Il demande à tous les gens qu'il rencontre s'ils ont quelque nouvelle de Merlin. Partout il ne recueille, en guise de réponse, que moqueries et railleries. De toute façon, personne ne savait quoi que ce soit concernant l'enchanteur.

25

Gauvain retrouve Merlin

Après avoir parcouru tout le royaume de Logres, messire Gauvain voit que la date de son retour approche. Il est fort désolé : « Que vais-je faire ? pense-t-il. J'ai juré au roi de revenir au bout d'un an et un jour, mais comment oserai-je paraître à la cour, ridicule et difforme comme je suis devenu ? Pourtant, je tiendrai parole. »

C'est en ayant de tristes pensées qu'il entre dans la forêt de Brocéliande.

Tout à coup, il entend une voix lointaine qui l'appelle. En même temps, il voit devant lui une espèce de vapeur translucide, aérienne, mais qui empêche tout de même son cheval de passer.

– Comment, dit la voix, vous ne me reconnaissez plus ? Vous avez la mémoire bien courte.

– Ah ! Merlin, est-ce donc vous ? s'écrie Gauvain. Je vous supplie de paraître à mes yeux pour que je puisse vous voir.

– Hélas, reprend la voix mystérieuse, c'est impossible désormais. Vous ne me verrez plus jamais et, après cette conversation avec vous, la seule personne à qui je parlerai sera mon amie. Il n'existe nulle part dans le monde un cachot plus fort que la prison de brume à l'intérieur de laquelle elle m'a enserré.

– Quoi, bel ami, êtes-vous si bien retenu que vous ne puissiez vous montrer à moi, vous, le plus sage et le plus habile des enchanteurs ?

– Le plus fou plutôt, répond Merlin. Je savais bien ce qui m'arriverait. Un jour que je me promenais avec mon amie dans la forêt, je m'endormis au pied d'un buisson d'épines, la tête sur son épaule. Alors, dès qu'elle vit que le sommeil m'avait gagné, elle se leva promptement et fit un cercle magique autour du buisson. À mon réveil, je me trouvai sur un lit magnifique, dans la plus belle chambre qui eût jamais existé, mais aussi la plus fermée qui puisse être. « Ah ! belle dame, lui dis-je, vous m'avez trahi, maintenant, que vais-je devenir ? – Beau doux ami, je viendrai souvent vous voir. » En effet, il n'est guère de jour et de nuit où je n'aie sa compagnie et je suis plus fou que jamais car je tiens plus à elle qu'à la liberté.

– Beau sire, reprend Gauvain, je suis bien triste de cela. Et que pensera le roi, lui qui vous fait rechercher en tous lieux et en toutes terres du royaume ?

– Il devra l'accepter car jamais plus il ne me reverra. Pas plus que je ne le verrai, et personne après vous ne me parlera désormais. Maintenant, retournez-vous-en à la cour, saluez pour moi le roi Arthur, la reine Guenièvre, les chevaliers, et racontez-leur mon aventure. Vous les trouverez tous à Carduel, en pays de Galles. Quant à vous, ne soyez pas désespéré de ce qui vous est arrivé. Vous rencontrerez bientôt la demoiselle qui vous a jeté ce sort. Cette fois-ci, soyez bien attentif et n'oubliez surtout pas de la saluer, sinon ce serait grande folie. Allez ! et que Dieu garde le roi Arthur et le royaume de Logres et tous ses barons comme les meilleurs qui furent jamais.

Telles furent les dernières paroles de Merlin.

Le nain Gauvain quitte l'enchanteur et se remet en route vers Carduel. Il chevauche le cœur mêlé, à la fois joyeux et triste. Heureux de ce que Merlin lui a prédit la fin du sortilège dont il est victime et malheureux d'avoir perdu son ami pour toujours.

26

La guérison de Gauvain

Messire Gauvain traverse maintenant la forêt dans laquelle il a rencontré la demoiselle qui lui a jeté le triste sort. Il a grand-peur de la croiser sans la saluer. Aussi fait-il bien attention et regarde partout de crainte de ne pas la voir le premier. Il a retiré son heaume pour mieux scruter le bois.

Il aperçoit, à travers des buissons, deux chevaliers à pied. Ils ont attaché les rênes de leurs chevaux à leurs lances plantées en terre.

Messire Gauvain s'approche. Il découvre alors que les deux chevaliers maintiennent au sol une demoiselle, qui n'est autre que celle qu'il n'avait pas saluée. Ils font mine de la violenter.

Oubliant le sortilège, Gauvain se précipite, la lance en avant, et s'écrie :

– Hommes de grande vilenie, vous méritez tous deux la mort pour attaquer ainsi une demoiselle sur les terres du roi Arthur. Ne savez-vous pas que tout être y est protégé contre toute agression ? Votre conduite est indigne de chevaliers.

À peine Gauvain a-t-il fini sa phrase que les chevaliers prennent leurs armes et lacent leurs heaumes. Ils s'exclament :

– Par Dieu, nain contrefait et difforme, tu es fou de t'en prendre à nous ! Tu es mort.

– Si ridicule que je puisse vous paraître, répond Gauvain, montez à cheval, car il me semblerait par trop méprisable d'attaquer en selle des hommes à pied.

– Tu te crois donc si fort, misérable avorton prétentieux, reprennent les chevaliers.

Le combat commence.

Gauvain se jette sur eux et les frappe avec une telle adresse que bientôt l'un des deux agresseurs est à terre. Déjà le neveu du roi Arthur se rue sur l'autre lorsque la demoiselle dit :

– Messire Gauvain, je vous en prie, n'en faites pas plus, je vous le demande en grâce.

Gauvain s'arrête. Il s'adresse à la demoiselle :

– Pour l'amour de vous, je m'arrêterai donc si telle est votre volonté et puisque vous m'en priez.

Que Dieu vous donne bonne aventure à vous et à toutes les demoiselles du monde, mais sachez que si vous ne m'aviez pas demandé en grâce d'interrompre le combat, je les aurais tués tous deux car ils m'ont fait trop grande honte en me traitant, d'abord de nain contrefait et difforme, puis d'avorton prétentieux.

À ces mots, devant Gauvain qui est très étonné, la demoiselle et les chevaliers se mettent à rire. Il comprend alors qu'ils avaient fait semblant d'agresser la jeune femme.

La demoiselle demande :

– Messire Gauvain, que donneriez-vous à qui vous guérirait de ce sortilège ?

– Tout ce que je puis avoir au monde, en vérité, répond le chevalier.

– Je ne vous en demande pas tant, reprend-elle, promettez-moi seulement de toujours aider et secourir les dames ainsi que vous le faites, et aussi de toujours bien les saluer quand vous les rencontrerez.

– Je le jure, sur ma foi, de bon cœur.

– Eh bien, messire Gauvain, je reçois votre serment. Sachez que si jamais vous veniez à ne pas tenir votre parole, vous retrouveriez l'état dans lequel vous êtes et qui vous attriste si fort.

Pendant qu'elle dit ces mots, Gauvain sent ses membres s'allonger, il reprend sa forme normale.

Aussitôt, il descend de son destrier et s'agenouille devant la demoiselle.

– Désormais, je serai votre chevalier, si vous le voulez bien, dit-il à celle qui l'avait puni de son manque de courtoisie.

La demoiselle lui tend la main.

– J'accepte et je vous remercie. Maintenant, relevez-vous.

Après quoi tous se saluent aimablement et se séparent. Gauvain reprend son chemin, heureux d'avoir perdu son apparence humiliante. Il songe qu'il a réalisé la dernière prédiction de Merlin.

27

La fin des enchantements

Messire Gauvain chevauche, solitaire. Il va si vite et si bien qu'il approche rapidement de Carduel en pays de Galles où, comme Merlin le lui a dit, il sait qu'il retrouvera le roi Arthur et tous ses chevaliers.

Il arrive à la cour en même temps que ceux qui étaient partis le même jour que lui à la recherche de l'enchanteur. Tous reviennent, ainsi qu'ils l'avaient promis, un an et un jour plus tard.

Le roi Arthur et la reine Guenièvre les accueillent et les reçoivent avec grande joie.

Tous disent les aventures qu'ils ont vécues, dont chacun s'émerveille. Vient le tour de Gauvain de raconter les siennes. Le roi et tous les chevaliers sont contrariés d'apprendre ce qui est arrivé à leur ami l'enchanteur et aussi qu'ils ne devront plus le revoir ni l'entendre.

– Ainsi, nous pouvons vraiment dire que nous avons perdu Merlin, conclut le roi Arthur.

Tous sont joyeux de savoir comment Gauvain a échappé au sortilège de la demoiselle. Le roi prie alors les clercs, qu'avait demandés la reine le jour de la fondation de la Table ronde, d'écrire tous les récits qui viennent d'être entendus. Grâce à cela, nous pouvons les connaître aujourd'hui.

Pendant ce temps, en la Petite-Bretagne, la reine Hélène, femme du roi Ban de Bénoïc, avait mis au monde un enfant, le plus beau du monde. Il fut appelé Lancelot. La femme du roi Bohor de Gannes avait, elle aussi, donné naissance à un garçon si beau que c'était merveille de le regarder. Il portait sur la poitrine l'image d'un lion, c'est pourquoi il fut appelé Lionel. Peu après, il eut un frère qu'on appela Bohor, comme son père.

Tous trois deviendront chevaliers de la Table ronde, ils partiront en quête du Saint-Graal.

D'autres aventures attendent les chevaliers de la Table ronde. Elles sont tout autant merveilleuses et fabuleuses à lire ou à entendre, mais, ici, s'arrêtent les enchantements de Merlin.

Le souci de fidélité aux textes originaux de cette adaptation et des exigences stylistiques ont nécessité l'emploi de quelques mots dont l'usage est peu répandu aujourd'hui.

Voici une rapide définition du sens qu'a chacun d'eux dans le texte.

Adouber : armer chevalier.

Baron : grand seigneur du royaume.

Écu : bouclier.

Destrier : cheval de bataille.

Gonfanon : enseigne, oriflamme.

Haubert : armure, cotte de mailles.

Heaume : grand casque qui protège la tête et le visage.

Homme lige : vassal qui a promis une fidélité absolue à son seigneur.

Lignage : ensemble des personnes d'une même descendance.

Palefroi : cheval de promenade, de parade ou de cérémonie.

Suzerain : seigneur qui est au-dessus de tous les autres.

TABLE DES CHAPITRES

DU MÊME AUTEUR

Aux éditions Casterman

Les enchantements de Merlin

Lancelot du Lac

Perceval le Gallois

La quête du Graal

La destinée du roi Arthur

La collection Épopée

François Johan
LE CYCLE DES CHEVALIERS DE LA TABLE RONDE
Les Enchantements de Merlin
Lancelot du Lac
Perceval le Gallois
La Quête du Graal
La Destinée du roi Arthur
illustrés par Nathaële Vogel
couvertures de Sibylle Delacroix

Pierre Dubois
Robin des Bois
illustré par Bruno Pilorget

Pascal Fauliot
L'Épopée du roi Singe
illustré par Daniel Hénon

Homère
L'Iliade
L'Odyssée
traductions adaptées de Michel Voronoff
illustrés par Brunot Pilorget

Pascal Fauliot
Le Ramayana
illustré par Philippe Munch

Les Nibelungen
Adaptation de G. Bourdoncle
illustré par Y. Lanore

Alain Desjacques et Tsegmidin Soukhbaatar
La Geste de Ghesar
illustré par Jean-Charles Bernardini

Charles de Coster
Till l'Espiègle
illustré par Daniel Hénon

Le Rameau rouge d'Irlande
traduction adaptée d'Alain Déniel
illustré par Willi Glasauer

François Rabelais
Gargantua et Pantagruel
illustré par Véronique Deiss

Les Aventures de Sindbad le marin
traduction adaptée de René R. Khawam
illustré par Jean-Michel Payet

Virgile
L'Énéide
traduction adaptée d'Annie Dubourdieu
illustré par Bruno Pilorget

L'Histoire du docteur Faust
traduction adaptée de Patrick Kermann
illustré par Daniel Hénon

Pascal Fauliot
Les Fils du Soleil
illustré par Daniel Hénon

Pierre-Marie Beaude
Jésus
illustré par Joëlle Jolivet

Lilyan Kesteloot
Soundiata, l'enfant-lion
illustré par Joëlle Jolivet

Carlo Collodi
Pinocchio
traduction de Jean-Paul Morel
illustré par Jean-Marc Rochette

Béatrice Bottet
Fille de la tempête
(la légende d'Is)
illustré par Daniel Maja

Le Roman de Renart
mise en vers de Pierre Coran
illustré par Pascal Lemaître

Anne Pouget
Les Énigmes du vampire
illustré par Daniel Hénon